诗之思

泉 子 著

陕西新华出版传媒集团
陕西人民教育出版社
·西安·

书在版编目(CIP)数据

之思 / 泉子著．—西安：陕西人民教育出版社，
.8
当代新诗话．第二辑)
BN 978-7-5450-5510-8

Ⅰ.①诗…　Ⅱ.①泉…　Ⅲ.①诗歌评论—中国—当代
—文集　Ⅳ.①I207.22-53

中国版本图书馆 CIP 数据核字(2017)第 211646 号

SHI ZHI SI

诗之思

泉子　著

出版人　黄平利
策　划　田和平　马晓侠
责任编辑　杨欣欣
责任校对　王　莹
装帧设计　沈　斌

出版发行　陕西新华出版传媒集团　陕西人民教育出版社
（西安市丈八五路 58 号　邮政编码 710077）
印　刷　中煤地西安地图制印有限公司
开　本　787mm×1092mm　1/32
印　张　7.5
字　数　150 千字
版　次　2018 年 1 月第 1 版　2018 年 1 月第 1 次印刷
书　号　ISBN 978-7-5450-5510-8
定　价　35.00 元

泉　子

1973年10月出生，浙江淳安人，现居杭州，著有诗集《雨夜的写作》《与一只鸟分享的时辰》《秘密规则的执行者》《杂事诗》《湖山集》《空无的蜜》，诗画对话录《从两个世界爱一个女人》《雨淋墙头月移壁》，作品被翻译成英、法、韩、日等多种语言。

“诗得以发生的秘密”

耿占春

过去几年里，断续读到过泉子的诗学札记。跟泉子一样，我对片断式的写作也有着一种迷恋，如泉子所说，“我并不羡慕所谓的鸿篇巨制，当我越来越深切地知悉，事物之最精微处不得不以碎片的形式来呈现时，那全部的艰难”。全部的艰难或许还在于，“不得不”以碎片化的方式呈现思想直觉的连续性或融贯性。

在年轻一代诗人中，泉子对《诗之思》有着特殊热爱，他的诗学札记涉及主题非常丰富，如果要寻求一个核心主题的话，那就是泉子一边写诗，一边在持续地探究“诗得以发生的秘密”。

为此，他动用了一切哲学的乃至宗教的话语资源，更主要的，他将一切修辞方式运用于呈现诗学沉思的时刻。但一切又如泉子所见，“诗无关竞技”，“而你必须袒露你的心”。而如何界定或理解这个古老的概念——“心”，他却说，“神的边界正是心的边界”。而关乎神，泉子又说：“不是神，而是我们此刻的心，是因我们与神重新确立的联系，是这宇宙的辽阔与万物慈悲，在护佑我们。”这并非一种循环论证，而是“重新确立的联系”。这种不同观念之间的联系是由一种“等式”或“转义”关联所创建的。

由此我们发现，围绕着“诗”，泉子创造了一系列的等式：诗＝此刻的心＝神＝宇宙的辽阔＝万物的慈悲＝护佑性的力量……随着对泉子的阅读，这个等式还会出现一系列其他的概念，如爱、感动、祝福、寂静、空无……

泉子在增加这个等式的其他事项时说：“诗是语言，诗更是道德、伦理、秩序，诗是千古心。”观念的等式变成了一种不断生成的转义。当这些概念叠加在一起，是不是意味着泉子强调了千古不易的属性——无论对诗、语言、秩序，还是“心”？然而不，他接着告诫说，“这语言、道德、伦理与秩序又始终处于变化中。或者说，变化是我们重获一颗千古心的那唯一而不变的道路”。这意味着，千古不易和变易的此刻，都添加进这个观念的等式。对泉子来说，不变的是对诗得以发生的奥秘的探询，而诗本身，则时刻处于万事万物的幽微处。

显然，泉子的论述不是一种逻辑学而是在一种修辞学的方式上运作。这是经由现代思想淬炼之后所发明的话语方式，由一种观念之间的“等式”或概念之间的“转义”关联所展现的独特论说，并且，泉子将之运用于他熟稔的宗教思想的统摄，因之他得以在概念的差异与等值性之间，创生出新的意义资源。难以想象一部“鸿篇巨制”可以如此自由地运用概念，或在这些差异的概念之间创造出思想的等式。

或许因为泉子受到多种宗教中灵智传统的影响，他一直探究的诗歌之谜正是生命与宇宙之谜，而这一探索方式则只能处于同等的幽微与苍茫之中："诗歌或艺术的魅力不在于大体上的对与错、是与否、正与奇，而是在幽微与苍茫中的抵达，是对那永远不可抵达之处的无限接近中的感动与惊诧。"在泉子的一系列概念等式中，似乎明显地排除了理性观念，"只有知悉所有的语言与知识都作为一种谬误，作为一种羞辱的见证的人，他用无言与寂静说出了感动与祝福"。这里似乎有着禅宗佛学的声音，但他的思想等式因其辽阔、因其幽微苍茫而成为包容性的。

关于理性，他写道："理性理应成为我们生活与生命的导师，但它又从一开始就为真理的世界所禁绝。"显然，理性关乎对与错、是与否的领域，因此理性才能成为"生活与生命的导师"，而泉子所说的"真理的世界"则是指向"心"与"神"的世界，或指向宇宙的苍茫与幽微的一面。泉子看来，这样两个世界并不相互平行，而是交织在一起或处在它的纵深与延伸之处，"我们必须终其一生地追随理性，以最终积攒出弃绝的力量，并将之作为我们与真理相遇的信物"。正如宗教灵智传统所倡导的"无言"，也需经由独特的言说方式才能抵达。

泉子给世界保留了苍茫与幽微，给生命保留了一个秘密，这也是给语言、诗歌保留的属性。当他使用"心"或"神"这样的概念的时候，就是在使用一个秘密，在动用宇宙的苍茫与幽微。尽管泉子在诗歌写作与诗话写作中，都特别关注那些"一个沉浸的瞬间"带给诗人的感动与教益，但他并不给予"心"的概念以简单的或完全反智化的理解。泉子说:“动心是简单的,一如树叶在微风中的浮动。而爱从来如此艰难,它有着一粒种子成长为参天大树所经历的,那全部的风雨晦暝。”正如泉子的观念不断发生着转义一样,泉子的话语自身也总是携带着背景的共鸣——那“全部的”艰难和风雨如晦,那“全部的”苍茫与幽微。

泉子一方面说,“诗是一颗如此骄傲,而永不甘于凡俗的心”。同时他又知悉作为命运的平凡,“一个伟大诗人的谦卑,是他知悉他注定的平凡,是他知悉所有伟大的言说都不得不作为尘世那永远无法克服之局限性的见证”。有时候他更辩证地说,“诗人往往是那兼具神的视力与凡人之心的人”。在泉子悖论似的论说中常常产生出一种综合:“一个高贵的灵魂恰恰最容易萌动他的凡人之心,而他的克己又散发出最迷人的光晕。”泉子总是以悖论方式协调逻辑上彼此难以相容的思想,就像他说自己“清醒还清醒得不够,或者说,是太清醒了——以至于你还无法看清那些幽暗中的事物,那些在空中或飞翔或踱步的幽灵,那些最终构筑出如此坚固之尘世的秘密”。

对“生命”的理解也同样受到了转义诗学的调解:“生命不过是一次次地卸下这尘世中万物强加给我们的枷锁,以与这从未存在过的存在者相遇的一个又一个契机,是我们为重获万物之始那绝对的自由而愿意终其一生地成为那战战兢兢的人的孤独与勇毅。”在泉子这里,对死的理解从属于生命最深刻的秘密,“死是一双永远不会闭合的眼睛,它在每一个生命的深处，看着我们。我们将因与它的对视（这是一种深重的考验）而一次次获得这崭新的生命”。在泉子的观念谱系中，或者说在泉子的观念等式中，生与死可以等值地加入其中，“死是所有生命都无法抵达的深度，是所有宗教、艺术与科学的缘起，是我们的此时与此地，也是我们的远方，是我们全部的未来与往昔”。毫无疑问，死也具有宇宙的苍茫与幽微的属性。

在泉子的思想等式中，总是有着新的直觉加入其中，比如泉子沉思对象之一的时间与永恒：“在时间的深处不会有永恒。瞬间中没有永恒，瞬间的无数等份中也没有。”他说，“直到我们再一次发明出了‘空无’”。

泉子给予“空无”这个观念的重要性或神秘性丝毫不亚于“心”“自我”或“自由”。他说，“正是对‘空无’的激情，最终给尘世中的我们以拯救”。在泉子的思想方式中，我们能够感知到一种观念之间的等式所带来的隐喻式叠加，也能够感知到这些观念之间由修辞带来的递进。“如果我们没有在对自我的极度珍视中，发明出一条通往真理的道路，一条通往空无的道路，那么，爱就从来未曾发生。”进一步，泉子从对“空无”的个人感知，将这一观念转移至思想史的层面，“对‘空无’的发明，最终使东方得以成为东方，并生成了东方独特的气韵。而西方一代代伟大的智者对有的辩驳，完美呈现了一个坚固尘世之肌理”。泉子持守诗歌与艺术作为一种感性动力，具有“唤醒普遍沉睡的心灵”的美学作用，但他同时也告诫说，诗歌与艺术需要“时时警惕”，“不要成为一种怪力乱神的同谋”。

泉子通过观念之间的等式，把话语形象扩展为一种思想形象，从而使观念的叠加或观念的等式变成一系列的转义手法，就像他把感知范畴引入认知范畴。由此，思想碎片、直觉片断被还原为以隐喻为基础的思想的连续阶段。与之同时，在泉子这里，思想依然保持着一种弥散性的、语义网络的隐喻式关联，每一个思想观念的出现都是通过与其他观念的等式发生转义的瞬间。暗含于意义世界中的转义图景意味着，单一观念或单一转义方式，哪怕它在一个文本或一种话语中占据主导地位，它也是一个语义网络的组成部分，由此形成了在其中进行转义的多种可能。

在泉子的观念等式中，转义的翻转属性始终被维护着，一种稳定的转义结构始终被无法最终命名的“转义”所超越，从而释放出语义形象的流动性与未完成性。

由于泉子在思想中不停地使用着他的等式转义方法，使用着如同万物一样丰富一样广袤的转义结构，因而在他使用一些大词乃至圣词之时，也并不与当代话语的反讽机制相背离。“从根本上而言，诗是我们直面内心，是我们在不断地化解心灵的困境，而在语言中留下的痕迹，是人作为有限的存在对无限之地的渴望，是我们对道、对真理、对空无那永远的激情。”唯有在一种观念的等式中，在语言形象的转义结构中，逻辑上如此背反的观念才能彼此相容。而在泉子看来，诗人的苦行与祝福都是“将道的幽暗与寂静从万物或尘世的喧哗中拯救出来”。

诗人对这一使命或祝福的领受，一直被泉子置于一种“那全部的艰难”之中，因为“即使是老子，即使是佛陀，即使是耶稣，即使是安拉的使者穆罕默德，他们对他们说出的话语能否穿过千年的烟尘而得以抵达今天的我们，同样是充满惶惑的”。在泉子看来，“并非是他们对他们试图说出的道或真理缺乏信心，而是他们知悉，当道与真理不得不借得语言的翅膀以穿越时间的烟尘时，那全部的艰难”。

这“全部的艰难”体现在泉子的诗歌写作中，也直观地呈现在泉子的诗学札记或诗话中。在涉及“道”与“言”的关系时，泉子吸收了20世纪语言哲学的思考，显然也包含着整个宗教传统中的灵智见解，包括老子在内的言义一道像关系的思辨，甚至也包括他的“寂静与雄辩”“阴与阳”“雌与雄”等相斥相吸的观念对子。同时，泉子全部碎片式表达、观念等式与等值，以及诗学话语的转义结构，也体现出维柯《新科学》所建构的诗性思想，或尼采所说的所有“真理”都是对原初艺术冲动的曲解，他也像维柯或尼采一样，致力于把诗学问题乃至整个文化思想逻辑从“所有本质上不是隐喻式的思维形式”中拯救出来。

当代诗学思想从逻辑学转向修辞学，一方面发轫于强调修辞学的伦理维度的语言人文主义传统，得力于一种对言说、无言和道(真理)之间古老的悖谬意识，同样也得益于现代思想领域反对各种决定论，从而保持自由意志的需要。我们在泉子的诗话中看到的正是植根于修辞转义结构中的思想方式的魅力，它们是许多不确定的概念之间的隐喻关联，而非固化概念之间的逻辑推论，它以差异与等值替代了思想的同一性，用转义和生成性替代了本质论，以悖论的修辞取代容易被误解的概念体系。因此它不能被否定，也不能轻易证明对与错，就像诗歌本身那样，成为思想自由的象征。

那么对泉子的诗学言说来说，开端在哪里？是“心”或“神”？是“道”与“真理”？是“言”与“沉默”？是“空无”或者是“宇宙的苍茫与幽微”？……我们最终感悟到的是，在泉子这里，观念等式是一个开端，话语的转义是思想的一个开端，它发生于其他事物之前。这本身就是一个起源为诗的过程。因此尽管看起来泉子的诗话吸收了多重宗教思想资源，却活泼地体现出他所说的“笔墨当随时代”的开放性。对个人的思考来说，他接受思想的异质性要素；对于思考着的个人而言，他接受随着诗性言说与生活而来的一个不断醒来的自己——

异质文明是一面镜子吗？还是一间密闭的房屋中，阳光涌入，而更远处的山峦得以徐徐展开的窗户？

不，异质恰恰是不断醒来的自己，是我们一次次成功挣脱昨日之束缚，而终于成为今天的我们。

——对泉子而言，对陌生的他者而言，这是否就是“诗得以发生的秘密”？

2017年1月于大理

目录

第一辑 2004—2010

1 诗是寺人之言。或者说，诗是一个悟道者的言说，是万物无言而道自说。

2 文学不是一个竞技场，它是我们的生活方式。

文学的终极意义不是为征服或超越一座大山，而是去化解大海中迎面而来的大浪。写作的意义正是为了一次次将我们自身从生活的困境中解救出来。

在山的另一侧，当道贺的人群向我走来，我想，我不是翻越了一座大山，而是化解了一个固体的波浪。

3 一首真正的诗歌必然是从我们脚下的这块土地出发，并最终回到真理那里，回到最初的自己，回到那最初的时间与空间形成的居所。

更多的诗歌成了堕落之物，并屈从于种种虚假的方向与力。

4 诗人不是真理的占有者，但他愿意用一生去探求真理；诗人不是神，但他是那知悉通往神的道路的人。

5 真理是真实存在的，它与我们心中的神一样确凿。而处于变化中的，是我们对真理的认识。这种变化，或者说对自我的纠正并非是一种背叛。它们相互感激，并在这样的感恩中，终于发现了那通往神的道路，那通往真理的道路。

6 艺术首先是“求同”，或者说是寻求一种共鸣的体验，然后才是“存异”。这种对独创性的追求，确保并加强了共鸣的有效性，并以几何倍数的速率得到放大。

7 在极度的宁静与极度的癫狂（这一定是一种狂欢的状态）之间一定存在着一个交合地带，而这里正是艺术最为肥沃的土壤。

8 诗人注定是一个最具僧侣气质的人，他（她）兼有受虐与崇高的品性。这样的描述不仅仅适用于杜甫、里尔克、米沃什，它同时也说出了李白、苏轼，以及卡瓦菲斯。

9 我真的能过一种僧侣的生活吗？或者说，我内心真的有足够的孤独与荒凉与一种僧侣的生活相称吗？

如果是，那么孤独与荒凉将不再是一种惩罚，而是作为通往一种品质的保证与奖赏。

10 诗歌是一种克制的激情。激情在诗歌中丝毫没有因克制而被损伤，甚至因克制而形成了悬崖，进而将一种流于泛滥的动能转换成静止的势能。

11 诗歌是激情之思，而思是冷静之激情。

诗与思相向的出发将把我们引向那神为我们显现的圣地，就像一个男人与一个女人相向的出发，在旷野中相遇。

12 诗人，那令你的心战栗不已的，不是如剪纸般接近于完美的脸庞。

你从那唇际啜饮下的，是她身体深处的巨浪，从嘴唇上漾出的甘泉。

13　当下艺术呈现出的“混乱状态”，是我们这个信仰缺失的时代结出的一个果实。或者说，我们“生不逢时”，我们处在一个过渡的时代，在一种信仰的通道坍塌，而一种新的信仰的通道得以重建的间隙。

14　世界从来是那同一个，就像一棵树的根，而只有枝叶才会如此不同。世界在我们眼中的破碎与分崩离析仅仅是因为我们的眼睛被那纷繁的枝叶蒙蔽了。

15　诗人，不要被一种表面的相似所蛊惑，因为，你是那被赋予穿越事物表象，以为更多的人群带回事物深处消息的使命的人。

16　春秋是一个伟大的时代，是一个“朝闻道，夕死可矣”的时代，是一个将抵达与发现真理的能力超然于生死之上的时代。

17　春秋时代的重要性不仅仅在于它作为中国文化艺术发展的开端，更为重要的是，这个时代所抵达的认识的边界依然作为此后，直至今天的人们认识的边界。

18 一颗伟大的心灵一定是向这个世界敞开着的。他一次次地避开了自闭设下的一个又一个陷阱，那些致命的诱惑。他在对内的挖掘中最终抵达了那接近于无的圆点，那无边无际的空阔。

19 一个诗人、一个艺术家追随并最终呈现了他身体深处的那条河流。那条河流作为整个世界共同的河流的一部分，同时，又是那唯一的河流自身。

就像每一个人、每一个生命体都是这宇宙的一部分，同时，又是一个微小的宇宙，并储藏着宇宙全部的秘密。

20 每一个个体的“我”都是破碎、断裂、暂时性的，就像一滴水，只有重回一条河流才是完整的。

一滴水在最初被孕育的那一刻就承担起这样的命运：要么，消失；要么，重回一条河流，以从一条河流中找回自己的脸庞，找到自己最初的完整性。

21 事物一定诞生于事物相互间那最强烈的吸引。

所有的事物都维系于这样的一种力。

而消失是一种相反的力。

22 那么神呢？神同样诞生并完成于神与我们之间那强烈的吸引。

23 词语被说出的那一刻，正是它与事物分离的瞬间。

或者说，语言是一种堕落之物。

是的，词语开启的是与事物之间那永久性的分离。而词语在被孕育的那一刻就受到重回事物最初的永恒之力的牵引。

24 语言与事物之间的距离，正是我们与神的距离。

25 诗歌是神灵与语言的相遇，是作为堕落之物的语言再一次获得救赎的一个瞬间。

26 我是一个堕落的天使吗？诗人是一个堕落的天使吗？因欲望与罪而不得不承担起平庸的命运。

但我依然是天使中的一员，并知悉神的世界那些不为人知的秘密。

27 艺术越来越强烈地感受到这样一种力的牵引，它要求回到我们自身，回到我们的心灵，回到身体的深处。但这种向至深处的出发并不会成为自闭的旅行，我们终于发现我们将抵达的是宇宙的全部，而星辰在我们体内的运行并不会与它们在天空中有丝毫的差异。

28 我们与神之间的秘密通道永远存在着。那是由我们的赞美与神的祝福连接而成，相向流淌的一条共同河流。那同样是一道目光的绳索，而我们与神作为绳索的两个端点，作为一条河流那汩汩而出的，两个永不干涸的源泉。

29 巴别塔的坍塌丝毫不会有损于神与我们之间那坚固的连接。

巴别塔的坍塌只是证实了我们试图从外部世界抵达神的道路是不存在的。

这同样是一种祝福，它为我们封堵了一个通往歧路的入口。

30 一首诗歌意味着一次表达的困境。

一首诗歌将从它面临的困境中汲取并汇拢起力量。

当一种困境不再仅仅属于诗人一个人，那么，一种可怕的力量已经诞生。

31 一首诗歌所给予我们的奖赏，甚至取决于我们所面对的困境是否足够强大，取决于它的普遍性，以及对时间的穿透能力。

32 我不会因重力给我带来的羁绊而心生怨恨，就像我站在一块岩石上对大海发出由衷的赞美，这赞美中饱含对脚下这狭长支点的感恩。

33 所有能被堆积的都是不重要的，它们将无一例外地在时间中毁灭、消失，包括词语与色彩的牢笼，包括那被唤作教堂或寺院的建筑，包括知识。

34 知识如这个时代的病毒一样泛滥。我们这个时代从来不缺乏知识，这个时代缺乏的是智慧。作为泛滥的另一极的，是那使纷繁归于简朴，万归于一的力。

35 诗意是从真实之上漫溢而出的部分。

如果真实是一粒种子，是根，那么，诗意就是被从种子、从根部的一双手推开的一朵花；如果真实是一朵花，那么诗意就是弥漫于其上的香；如果真实是花香，那么诗意就是因花香所带来的沉醉；如果真实是这沉醉，那么诗意就是在沉醉中愿化为一粒种子的那个人。

36 诗歌不在别处，她是我们置身的生活。

一个伟大的诗人一定能从庸常的生活中开掘出那通往神奇之地的秘密通道。或者说，他知悉那些隐秘缝隙，并将他日常的经历与经验化为永恒的诗歌。

37 如果我们把日常生活比作一棵树的繁茂枝叶的话，艺术就是绿叶丛中的花。它们都得到了那相同根的滋养。

我愿意把这根称为“道”或者“真实”。

38 诗人是一个秉烛者。他在烛光的指引下在词语与事物那双重的内部穿行。事物与词语的栅栏与窗棂形成一个真正的屏障，并对阅读者的穿透能力形成考验。

它在等待那些有力量的人，以承接住从词语与事物双重的深处散发出的光。

39　一个风格独具的作家或诗人不会着意于标新立异。因为他懂得，所谓的“新”与“异”不过是他在通往真理的途中，一条只属于他一个人的秘密通道与通往同一个所在的无数道路两侧风光的那些细微的差异。

40　我更愿意在一种普遍性与同一性中来与事物相认。

是的，没有一个人能发出那独一无二的、只属于他一个人的声音，除了神。

41　当悲伤与欢愉是一个人的悲伤与欢愉，又是每一个人的悲伤与欢愉时，这悲伤与欢愉就从一种普遍性中获得了翅膀。

42　“最民族的是最世界的”说出的是这样的事实：每一个国家、每一个民族传统的生命力都在于它对一种普遍情感的揭示。或者说，那无坚不摧的独特性无不在于它对普遍性独特的发现与揭示能力。

43　如果我们用神来指代基督教中的上帝、伊斯兰教中的安拉，以及佛教中的佛陀，那么，我们以各自的方式来亲近神都是受到允诺的。

44　我愿意把神想象成一个透明的球体，它有着无数的方向与角度，无数的窗子，以及无数的我们被允诺亲近神的方式。

45　神的居所一定是一个趋近于无的圆点。

因为只有这无穷小的居所才能容纳下那无所不在的存在与无穷无尽的可能性。

46 过去十年的写作使我离真理接近了一厘米。那么，我愿意用剩余的时间去换取另一个一厘米。如果真的能够如愿，那么，我一定是受到祝福的那个人。而这样的一厘米可能重过一个时代，甚至可以说，多少世代的徒劳将在这微小的尺度中得到全部的补偿。

47 只有意识到我们是"同一个秘密规则的执行者"时，我们才能真正认识到我们与一只蚂蚁、一朵花、一茎草，以及那些我们曾以为永恒的星辰没有什么不同。

你终将发现，你是那一，同时，又是无尽之全部的秘密与真实。

48 有人说，绕过面前的大山，你才能找到那书写的捷径。

不，请相信我。在这样的辛劳中，你终将见证的是一份新的徒劳。当你绕过了一座大山，呈现在你面前的将是层层叠叠的峻岭。

你终将发现，对于每一条捷径，你都是一个迟到者。

49 如果我们能穿透历史布下的迷障，那么，我们终将发现，传统一直处于一种缓慢，但坚韧地生长、扩展之中。仿若最初的一泓清泉，涓涓细流最终汇聚成大河，直至大洋。

它同样对应于国家、民族等概念的扩展。最初，一个国家、一个民族可能就是一个村庄。我们的民族，就是那无数曾经的民族之合流；我们的国家，就是那曾存在过的无数的国家之和。

50　那些隐匿的部分，它们以不可见的方式存在着。

老子、庄子并非凭空之物，他们依然来自我们的传统，来自传统中那隐匿的部分。或者说，隐匿者通过"老子""庄子"，说出我们身体深处的，那些更为久远的秘密。

51　传统从来不需要我们的捍卫。我们对一种传统的坚守，不应该，也不能成为我们从另一种传统中获取滋养的障碍。

它从来在这里，它是我们的命运，我们的血液。那么，我们的使命将是通过我们的呼吸与吐纳，使之更具活力，并迢递至更遥远处。

52　所有的言说只能在低处。低处给了我们一个可靠而恰到好处的支点。

但我们在低处的言说一定是为了更好地呈现这高处的存在，而不是相反。

53　如果这些低处的分叉最终更好地呈现了那同一个存在，并使真理、使艺术的本质变得更清晰与可感，那么，那唯一的胜利者就是真理，就是道。而这些在低处的分叉，这些"失败者"，终于从真理的胜利中获得了救赎。

54 诗人,你不一定是那个写下了分行文字的人。或者说,“诗人”并非是一顶为写下分行文字的人而准备的桂冠。你可能是一个画家、一个木匠、一个农民,你还可能是一个屠夫。

但你一定是一个悟道者,是通过对一种你熟悉的手艺的练习,进而知悉宇宙秘密规则的人。

或者说,诗恰恰不是文字,不是色彩,不是声音,而是因你那寓于大孤独中的冥思而获得的顿悟,是因你与宇宙的沟通、与道的契合而获得祝福的一瞬。

55 那个用分行的文字储藏起他的“心”,以等待更遥远的来者再一次读出的人,他终于唱出了“前不见古人,后不见来者。念天地之悠悠,独怆然而涕下”。这个体味到宇宙般浩瀚无边孤独的人,这个通过自己对宇宙秘密的洞悉,试图将自己的心雕琢成宇宙相同构造的人,在千年之后(千年,是怎样一个微不足道的瞬间啊),当无数的孤独者在这千年前的吟唱中辨认出那属于每一个人的孤独时,他那与时间一样绵长的孤独,终于获得了与宇宙的广阔相称的祝福。

56 真理的重要性不会因为我们的强调或贬低而有丝毫的增损。

真理就在那里。

相反,我们将因我们对真理的认识而获得救赎或惩罚。

或者说,我们将因为我们对真理的认知而变得重要或不重要。

57　当我与曾经的同伴渐行渐远，当我独自来到一个无人之境，我知道，孤独不再是一种惩罚，而是祝福，是对一个最先到达者的，那巨大的奖赏。

58　真理不仅仅存在于星辰的运转中，真理同样存在于一花一草的生长，存在于一颗露珠的滑落，存在于你我的生、老、病、死中。

59　时代是我们在时间中的故乡。就像我们无法选择自己的出生地一样，我们也无法选择我们在时间中的故国。

60　时代在提供给我们一个观察、认识世界的可靠支点的同时，它又几乎是我们全部的宿命，或者说是那全部的幸与不幸，全部的祝福与惩罚。诗人保罗·策兰曾说，诗人必须透过，而不是越过时代。是的，时代是重要的，因为它提供了一个支点；时代又是不重要的，因为我们必须透过与超越时代，以抵达一种普遍的情感，那千古不易之处。

61　我愿意这样来附和与补充保罗·策兰的言说：诗人必须透过，而不是越过语言。语言在为我们提供一个有力的支点与凭藉的同时，它同样作为一种羁绊与束缚。诗人，你是那被赋予足够力量的人，或者你必须积蓄出足够的力，你必须透过与超越语言，以抵达一种普遍的情感，那千古不易之处。

62　所有的词语都是平等的，所有的言说之间并没有高、低，贵、贱之分。当一个词语，当一种言说从虚无之中为我们召回，或者说，更清晰地呈现了真理，那么，这样的一个词语，这样的一种言说，因真理在这一刻的揭示，而获得了高贵的磁性。

63 是的。我愿意作为一个“真理那高贵言说”的倾听与转述者。

64 在两军对垒，或者是两个阶层、集团的对垒之间，这种寓于对方阵营的仇恨，而激发出的对同一阵营、同一个国家或族群的热爱，这种爱因我们对自身局限的屈服，而被一种更恒久的力量所弃绝。

65 一种真正的爱必须拥有足够的智慧，以超越于仇恨，超越这种族群与国家之间的壁垒所标识出的分别。

是的，你要爱你的敌人，爱你们共同的部分。

66 当时代的潮流通往着真理，那么，一个时代那最优异的部分，他(她)就是潮头的引领者，反之，他(她)就是一个坚定的反对者。

67 诗歌在今天的衰微与它渐渐堕落成一种愉人耳目的纯粹技艺有关。它不再是我们对这个世界神奇之处的发现与转述，也不再为我们的心灵疗伤。但我并不因此而悲观，诗从来没有堕落，堕落的只是一个时代，以及生活在这样一个时代中的诗人们。或者说，诗从来不曾远离，它就在这里。它在等待一群人，它在等待庄子、嵇康，它在等待杜甫、苏轼重新为一个时代命名。

68　涅槃是喜悦的，生的诱惑与勇力来自对未知事物的探求与渴望。而涅槃作为我们得以彻悟的一个瞬间，或者说，它还意味着一个起点——从这一刻开始，不再有任何的秘密了。

69　那些以用放大镜观察肚脐眼的方式来观察艺术与文学的人，无论他们声称从肚脐眼中发现了怎样的美景，他们终究成了那眺望者眼中的笑柄。

70　让真理回归到尘世最卑微的事物中，同样是诗人的使命。这绝非对真理的背叛，这从一回到万的征程，犹如玄奘当年从西域的归来，或者说，这是上求之后的下化，是证得菩提之后的普度众生。

71　那是闪电，是低低垂挂的云，是或淅沥或滂沱的雨，是神从高处递给我们的一把梯子。

72　这是一个绝望的时代。或者说，这个时代的写作是一种绝望的写作。

这甚至是这个时代形式主义盛行的根本原因。艺术退缩为一种纯粹的技艺，它不再作为我们悟道的副产品，不再是我们对真理世界探索过程中那些沿途的风光。

但诗人必须成为这样一个艰难时代重获信心与勇气的那根本性力量的一部分。当我们发现真理世界从来就在那里，并没有因为我们的盲目而发生一丝的晃动与坍塌，我们曾经的绝望，不过是在两片广阔的陆地之间的一截狭窄，但并不漫长的走廊。

那么，我们将不再为当下形式主义盛行的艺术潮流，不再为那些专注于技巧与语言打磨的诗歌，那些用放大镜来观察肚脐眼的写作方式所困扰。是的，我们所面对的世界要广阔得多。我们的诗歌也不仅仅能触及感官，更要触及我们的心灵。我们必须在语言中构筑起通往心灵的通道。

73 汶川大地震后，涌现出数以万计的诗歌，其中的一部分还得以大范围地流传，并感动了无数的读者。但并非是我们的诗歌，而是我们共同经历的大灾难与我们在大灾难中呈现出的勇气与爱，震撼与感动了我们。我们依然在等待与甄别，那在若干年后，大地震、大灾难在我们现实层面上的影响消退之后，依然一再触及我们生命与心灵的作品。

这同样是每一个时代给予我们的挑战与考验。或者说，打动同时代的读者要相对容易得多，因为我们背负着太多相似的时间与事件。

但诗人，你必须成为你写下的诗行的另一个时代的读者。

74 生命是一次澄清，是一次次澄清的过程，是从一团混沌抵达澄澈与通透，是一块岩石通往白玉的永无止境。

75　只有当我们了解与洞悉神在我们体内，同时又栖身于一茎草、一朵花、一颗露珠这样的秘密与神奇，我们才能真正体会与理解，我们作为一个人所拥有的全部骄傲与卑微。

76　如果我们将神放置在金字塔的顶点，或者，我们把神设想成一个不存在边界的圆的圆心，那么，我们每一个人、每一种生灵、每一个事物都能在这个金字塔或圆中找到自己的位置。那么，那些最遥远的事物，金字塔无穷无尽的底边，或者圆的边界是不存在的吗？不，它们与神一样坚实与确凿，但不可穷尽。

它们是神从他的身体中分离出来，并递给我们，以使更多的人群将他辨认的阴影。

它们如此遥远，以致于它们必须合而为一。

是的，我们依然诞生于最遥远事物之间的，那致命的吸引。

77　所有可以抵达与穷尽的事物，所有可以被我们认知的事物，它的永恒性都是短暂的。

艺术品就像我们死后留下的白骨，它或许可以留存千年，甚至万年，但在更长的时间尺度上，它终将消失。

不，这并非消失，而是完成了一次更为缓慢的转化。

那么，精神呢？作为我们对神的感恩与赞美，作为我们对道的持久的激情与辨认，它终将从神与道的永恒中获得祝福与拯救的力。

78　宗教并不等于信仰。宗教只是信仰的一件外衣，一种外在的形式，甚至它不得不是一种不圆满与局限的存在，是一种妥协之物。或者说，宗教是那绝对与究竟的世界，那圆满之地伸向这个相对的、不圆满之地的一把梯子。

而真正的信仰只产生于宗教成型之前，或者存在于那个真正有力量放下宗教的人的心灵之中。

是的，佛是那个真正有力量放下佛的人。

79　那些我们确信的将生成我们的信仰。

而诗歌、艺术、科学、宗教都是我们通往那确信之处的通道。

80　我们并不需要说出信仰。或者，信仰并不需要我们来说出。

但信仰一定是一首真正的诗歌最稳固的部分。

81　没有一种生命不是带着缺陷来到这个世界的。

但我们必须把生命的历程作为一次次对自身缺陷的克服，以及生命自身的一次又一次的完善。

82　我希望我生命的每一个瞬间都加入到自我的完善中来，而圆满之境作为所有生命真正的出口。

否则，每一次离开都意味着再一次的归来，在这绵绵无尽的尘世。

83　那些怀疑通灵的时辰与神示的下午的人，是他们没有发现，并最终理解那唯一的神的居所不仅仅在天上，同时也在每一个人、每一种生灵，在一草一木、一山一水，在每一颗沙砾与微尘中。

这通灵的时辰并非来自神的恩赐，而在于我们内心的修炼是否与一个宁静、物我两忘的瞬间相称。

84　如果我们不能感同身受一个衣衫褴褛的乞丐在向你摊开手心时的悲哀；如果我们不能感同身受一个农民在干裂而荒芜的土地面前的悲哀；如果我们不能感同身受一只蚂蚁在一个顽皮的孩子一手握着生殖器，以他的小便为武器追逐中的悲哀；如果我们不能感同身受你的对手面对一个重大挫折时的悲哀。那么，我们就不可能真正地从生命那巨大的悲哀中走出来。

85　语言在被孕育的一刻就肩负着这样的使命——它在等待与寻找那个有力量放下它的人，它愿意帮助与成全他，并宁愿沦为一种工具。

86　诗歌是我们通过碎片以抵达整体，通过一片树叶以抵达一棵大树、一片森林，以抵达万物的一次努力。

这注定是一次孤独的征程。但你并不孤单，因为在每一个时代，你都能找到一个或几个这样的同行者。如果你呼喊，你就能从老子，从释迦牟尼、穆罕默德、耶稣，从李白、杜甫、莎士比亚、但丁那里得到回应。他们纷纷从他们时代的芸芸众生中走出来，与你相遇。

87　沟通的艰难不仅仅在于语言，更是对一种质朴的言说中，那弦外之音的茫然。

88　相对于隐喻的微妙之美，我更愿意信赖但丁、莎士比亚、歌德那些最质朴的言说，我更信赖这些灵魂深处的战栗终于支撑起的一个个精致而宏阔的宇宙。

89　我希望我的一生最终通向一种“英雄的悲剧”。

“悲剧”是所有生命体的胎记、宿命与唯一去处，“英雄”则是一个人天赋与内心修炼的总和。

90　似乎一直以来，我受着本质的召唤与吸引。

本质从来就在那里，它没有因我对它那持续的激情而发生一丝的晃动。相反，我的卑微，那庸常的生命却从一种持续的激情中获得了凭借，获得了持续之力。

91　同情不是强者面对弱者的情感，而是一个人面对他自己、面对整个世界时的悲怆与怜悯。

92　只有我们真正理解了当代文学与生活中解构的思潮，或者说对意义的消解，是作为另一次意义的探寻与重建的一个阶段，我们才能从这对一个时代最严峻的考验中辨认出那巨大祝福。

93　每一个微小的动点，每一颗露珠的生成与消散，每一片树叶的凋零，每一粒尘埃的浮与沉，都在促成一个崭新的宇宙。

94　不，不是我在言说。我写下的，也不是我的创见，而是一个更高处的声音，通过我的口与笔在发声。

我必须更加谦卑与虔诚，我必须更加宁静，以使自己成为这样的一个通道，以抵达并承接起这样的时辰。

当我企图将这些声音占为己有，那么，这些高贵的声音将重新回到那沉默而幽暗的世界中，并留下了一地的灰尘。

95　所有痛苦的瞬间都不可能堆砌出一段欢愉的时辰，但每一个痛苦的瞬间都蕴藏着一段通往极乐世界的斜坡。

如果你从这样的瞬间中最终理解了万物的羁绊与虚无，并从一次次的放下中获得了挣脱之力，那么，你终于从一种普遍的苦难中发现了神给予你，给予每一种生命，给予万物那相同的祝福。

96　如果我们成功地避开了物的世界将我们留在一时一地的诱惑，那么，在探索一种更普遍的人性与情感的征程中，就无所谓是向上的攀缘，还是向内的挖掘与沉潜。我们终将发现与见证：向上的道路正是向下的道路。

97　我愿意成为一个时代的良心，我愿意成为一个时代最柔软与敏感的部分，我愿意为这个并不完善的世界与并不圆满的时代代言，我愿意说出所有心灵深处那些共同的悲伤与感恩。

98 我真的存在过吗？

那是浩瀚的宇宙中的一粒微尘，一次电闪雷鸣。

但我依然存在过，是无穷无尽之中如此确凿的一。

99 诗是一种醉。

它是寂静深处的远方。

它是孤独之上的沁人心脾。

100 这个时代并非是以一种胜利而得以标识，而是因一种失败，因一种丧失而得以揭示出生命中那巨大的孤独与沮丧，那充盈于整个宇宙的静默与虚无。

101 一个真正的信徒在走进寺院的那一刻，一定不是为了寻求一种世俗意义上的帮助，也不是为完成对神的膜拜，而是向一种完善的生命楷模致敬，向一条通向圆满的道路之上的那些不畏艰难的跋涉者致敬，是一次向真理的致敬，是向遍布于万物之中的神性致敬。

102 我尊重所有朴实无华的事物。

我尊重那些最初的事物。

我尊重事物在呈现出自身之前的无边无际。

103 诗人在神与匠之间，是他们之间的连接。

但诗人在两者之间的相对位置将勾勒与分辨出他所置身时代的伟大或贫瘠。

104 太多我的同行们，满足于成为一个熟练的工匠。他们将语言的编织之物装饰头发，或者系在脖颈处，并自得于其色泽的眩目与某一个节点处的机巧。他们没有将一种技艺的磨炼作为与真理世界相遇的一个良好契机，他们终于成了“买椟还珠”这个古老传说最新的诠释者。

105 真理是万物得以生长的根。

如果有一天，我们试着把一棵树连根拔起，那么，根已不是根，而真理依然被完整地保留在了那最幽暗的至深处。

106 我是一种现象，但又并非与本质无关。

我是通往本质的桥梁，甚至是那必由之路。

我必须沿着我，才能将我真正放下，才能真正将我从一种自我的束缚与对现象世界的眷念中解救出来。

107 当你知道，放下作为热爱的唯一有效的方式。

当你知道，每一片树叶在微风中的浮动、每一片浪花的呈现都与本质世界有一种时钟刻度般精微的对应。

你同样会感激这尘世，这幻象的世界，这短暂的、转瞬即逝的部分，作为你重回永恒之地的必经之路与凭借。

108　我们祖先在我们的民族尚处年幼之时就能从道德的层面上去理解与考量一个国家、一个民族与一个人的命运。或许，这才是我们的国家与民族绵延至今，历久弥新的秘密所在。它在民族性格形成的最初阶段，就通过了对物质世界一种近乎天然的警惕而构筑出了物欲的屏障。

虽然，这种屏障近百年来，在西方资本主义物质至上的消费文化的冲击下几近瓦解，分崩离析，但我们祖先那些最初的思考依然在我们身体的深处，它们一次次向我们呼唤，并给我们以力量，在我们民族，甚至是人类的一个又一个最危急的时刻。

109　神像的设立是为了在我们与神之间建立联系的需要。或许，这之间还包含了对这尘世，对有限世界中局限无处不在的一种深刻体认。

110　我们必须从因果上去理解善，而不仅仅是成为一个吃素念经的老太太，并向迎面向你走来的乞丐的饭钵中丢下几个响亮的硬币。

我们必须把我们的善意作为向真理世界的又一次致敬。

111　不要忽视那些最微小的善意与恶念。它们无一例外地化为无形的种子，并从黑暗的深处源源不断地汲取力量，并在丛林的深处促成了一条最新的河流。

112　我为我在年轻时写下的一些新奇的比喻而羞愧，就像我曾经做出的另一些并不光彩的事。

但我愿意在这一刻宽恕它们。我没有成为一个绝望的人，而它们仅仅作为我曾经年轻过的又一些明证与印痕。

113 想象是不重要的。如果说想象是一对鹰隼的翅膀，那么，真理就是无边无际的天空；如果想象是一把云梯，那么，真理就是我们头顶的星群。

114 历史同样是不重要的，哪怕是一个王国的覆灭或兴起。如果一个王国的覆灭或兴起与我们的生命无关；如果我们不能，也没有从我们血脉的最新的流淌中辨认出远古的一棵大树的坍塌与另一棵树茁壮而有力的拔节声。

115 宗教是人与神之间的连接，是两者之间致命的吸引得以显现的桥梁。每一种世俗的宗教都是我们从尘世向那唯一而共同的神发出的呼唤，我们每一次祷告都能找到那唯一的神派出的使者，就像每一阵风都能找到一片树叶，只要你呼唤，你就能听见那寂静深处的轰鸣。

116 生命是一次巨大的考验。这由尘世堆积出的无穷无尽的幻象，是一道坚固的谜。它在等待那有力量将它穿透的人。

更多的人、更多的生命被成功地挽留在这一侧的世界里，成为一棵新的草、一只新的蚂蚁、一条新的蚯蚓、一条新的狗、一个新的人、一个新的生命，作为再一次，并最终成功地回到真理世界的一个新的契机。

117　我写下它们，就够了。这些分行的文字，我以它们为荣，为它们经由我的手、经由我的纸与笔来到我们之间而骄傲。

而它们所招致的毁与誉，都不重要了。

118　人生在多大程度免于成为一场新的骗局？或者，作为一条新的歧路得以显现的契机？

譬如，那个热爱艺术并为各种各样的主义与风潮所惑的人，譬如那个爱情至上并一次次为偶然的情欲灼伤的人，譬如那个受到真理强烈的吸引并一次次撞开了一条又一条新的歧路的人。

119　那些最伟大的作品无一不是在一种对法度的坚守中，最终成功地将它放下。

而更多的平庸之作呈现了对法度固守之中的偏离。

120　写作的雄心，不是为了建功立业，或者青史留名，而是一种向道求真，与本质相遇的宏愿与信心。

121　没有什么是一种发明。我不奢望能超越老庄、孔孟、释迦牟尼、耶稣、穆罕默德提供的已有认知，那获得无限接近的世界的边界。我愿意成为又一个见证者，并在见证中分享因无限地接近而得以重获的，那极乐中的孤独与欢愉。

122　我们习惯于将李杜归入仙圣的行列，把他们放置在我们永远无法回去的远古或者天上。他们作为一种神迹，作为一种与此岸无关的存在，而不是尘世中一种生命的楷模或真实存在的典范，是我们的一种自我保护，并免于为自身的平庸所伤的需要。

但认识到李杜就在我们中间，是你的挚友或者对手这样的真实，可能有着石破天惊的意义。它同样是你最终治愈你的平庸的一剂良药。它揭示的正是佛陀在数千年前已然揭示的：每一个人、每一种生命都是未来佛，他们都在积攒着那向道求真的足够愿力与雄心。

123　一个伟大的作家会去寻找极少数，甚至是那唯一的读者。他有足够的力量去与他曾经的读者告别。当追随他脚步的人越来越少，他愿意给予那极少而坚定的追随者以鼓励，但不会迁就，更不会去诱惑。他不会停止他的跋涉，或者返身，以听见更低处的，那些廉价的喝彩与欢呼声。

124　如果我们把春秋比作是一个通过树干来辨认黑暗中的树根的时代，盛唐就是一个通过树杈来辨认根的时代，而今天，我们必须通过繁茂而破碎的树叶来完成这相同的辨认。

这无所谓幸或者不幸。或者说，我们都是不幸的，我们无一例外被抛掷，我们天然地被阻隔，作为这尘世的凭据。或者，我们又都是幸运的，因为那通往黑暗的通道，那通往道的通道，那曾为孔孟、老庄与李杜敞开的道路，从来，也永远不会封闭。它们依然在分辨那最终将它辨认的人。

那个最终成功辨认的人是有福的。一个时代因这样的辨认而获得那巨大的祝福，一个破碎而分崩离析的世界因这样的辨认而重归于完整，一个转瞬即逝的时代因这辨认而得以挽留，而得以重获那最初的永恒。

125 释迦牟尼佛一定是一个骄傲的人，他的骄傲是一种在知悉通往真理的道路后的确信。他知悉真理的道路就在他的身体中，就像在每一朵花、每一茎草、每一颗露珠中。

是的，他最终因骄傲，因一种确信而获得了谦卑之力。

126 不仅仅是你，诗人，每一个人都受到了那相同的召唤，本质在铁砧上火星的飞溅中向你召唤，在一畦麦苗有序地生长中向你召唤，在汉字的最柔弱与坚定中向你召唤。而你必须积攒出足够的宁静，你必须穿过那些晃动的光，以与黑暗深处的寂静相遇。

127 所有的文学与艺术都是我们对“世界的真相”或“事物的真实”的一次呈现与转述。现、当代文学艺术中对真理世界、对“事物的真实”，以及对“世界的真相”的确凿性普遍的质疑、嘲讽依然作为这相同努力的一部分，并在一种最新的质疑的孕育中，揭开了通往真理世界的道路。或许，从微观上看，质疑是一种遮蔽，而从宏观上看，质疑同样是揭示的一种方式。就像一条由西往东流淌的河流，从微观上去观察，河流的任何一个拐角都意味着一次质疑、否定与反叛。但如果我们获得一个得以整体地观察这条河流的支点，那么，我们将发现，正是因为河流的每一个拐角才将一条破碎的河流，或者是水的碎片连缀成了一个整体，并使一条河流获得了时而激荡、时而舒缓的流淌，以及一条河流得以成为河流的一个又一个契机。

128　所有的书写无不是在不断地传承与不断地质疑之中呈现出的一条最新的道路，或者一种最新的面貌。那得以传承的是我们的先人们与道、与真理相契合的一个个瞬间，而不断地被质疑的是这尘世的局限性，是真理世界与我们之间的永远无法逾越的鸿沟。如果说，尘世来自一个必然的世界，一个必然的思想者的设计，那么，我们不得不惊叹于其中的巧妙与缜密。真理被放置在五光十色的世界那永远无法抵达的至深处。我们置身的世界因这个不存在的原点而得以凝聚与呈现，同时，我们的抵达意味着尘世的终结与消散。

是的，一个真理得以穷尽的世界是不可想象的，它意味着神的世界的显现，以及尘世在同一瞬间的消散。

129　春秋是一个伟大的时代，它因老庄孔孟们的一个又一个与真理的世界无限切近与相契合的瞬间而得以挽留，并持续地抵达我们。但我们伟大的先人们在贡献了一个个伟大瞬间的同时，又为我们留下足够的向真理世界再一次出发的空间，并成为尘世得以维系的秘密。我们先人的伟大之处不仅仅在于他们在向真理世界求索的坚持中，为我们做出的示范，成为一种生命的楷模，同时，还在于，他们在一种向真理世界的持续跋涉中，对他们自身作为尘世一部分的局限性的体认。

而这样的体认正是真理世界不至于被尘世中层出不穷的这样或那样的幻象遮蔽，并得以一次又一次澄清的契机，也是我们在今天得以存在与呈现的理由。从这个意义上讲，我愿意成为一个人类认识力的进化论者，或者佛陀意义上的乐观主义者。我相信普度众生的意义，以及众生终将获得普度的可能性。我们的悲观，是因为我们没有认识到两千年只是一个瞬间，对于人类向真理世界的持续地奉献与认识力的提升而言。只有我们真正地放下自我，并把一代又一代人的努力比作那同一个人的一次又一次向真理世界的进发，我们才能堆砌出与真理世界相遇的一个瞬间。我还愿意把人类的历史，把我们向真理世界的进发，比作那从青藏高原的山谷获得最初之力，并最终回到海洋的流淌。是啊，多少流淌消失于崇山峻岭，又有多少的流淌最终汇入了那必然的大江，并最终揭开了通向大海的道路。那么，21 世纪的我们，我们的悲观与时时产生的，对大海是否真实存在着的茫然，是因为，我们依然处在崇山峻岭之间，在青藏高原山谷深处的那些最初的泉眼中。

130　没有一条道路是被封堵的。那为李白、杜甫、苏轼、但丁、歌德、莎士比亚们敞开的道路，依然为你我敞开着。

在每一条道路的两侧所蕴含的困难与考验，都没有变得更多，也不会更少。有时，它化身为蒙面大汉；有时，它化身为一个妖冶的女子；有时，它化身为一场持续了整个夜晚的狂风暴雨；有时，它厌倦了变化，回到了一袋沉甸甸的金币中。它们在分辨与测试着一颗心灵的深度与广度，它们在辨认一颗心灵是否积攒出了足够的宁静与孤独，以与万物之上的馨香相遇。

131　向孤独致敬。向那不圆满的事物致敬。向生命中不断得以完善的瞬间致敬。向在黑暗的深处模仿着夜的蝙蝠致敬。向一棵为每一个清晨奉上晶莹露珠的秋天的枯草致敬。向你致敬，我的朋友。

132　一条蚯蚓的死就是一个世界的消失，就是世界刚刚承受了一次剧变，是千年已逝，而世界不曾发生一丝的晃动。

133　我们习惯于把神安置在天空中，我们习惯于用“遥远”来描述与说出我们身边的，甚至是我们身体内部的事物。但事实上，我们对一只蚂蚁的了解，我们对我们自身的了解，并不比遥远的天空，以及远古的星辰更多。

134　神在那里，它无所不能。

但它从来没有你我所谓的力量。

135　冥想是必要的，一段段生命得以不断澄清的时辰是必要的。

犹太民族在数千年中历尽苦难而依然长盛不衰的秘密正在于他们的信仰，以及对宗教传统的遵从。尤其是安息日，那从周五日落到周六日落之间的避难所。在这二十四小时中，所有的信徒放下了所有世俗的工作，不论是国王还是乞丐。这是一段超越了时间的时间，这是生命不断得以澄清的历程，这是一些因持续的冥想、沉思、忏悔、自省，而得以与他们心中的神相遇的瞬间，这是一段获得祝福的时辰。

136 9·11无论从何种角度来解读都是让人悲伤的，它无疑是人类历史上最新，但绝不会是最后一个悲剧。但我们可能有意无意地忽视了9·11的意义所在，它作为一个时代结束与另一个新的时代开始之间最坚固的连接。双子星座大楼的坍塌正是物质至上、人性与道德沦丧的负面因素积聚到一个临界值后的一次总爆发，而七年之后，那始于资本主义中心美国的金融危机是一次新的9·11，或者说是它从金融领域呼应，并共同完成了那孕育于数百年前的一种巨大破坏性力量。它们共同完成了一次隐喻，就像诗人在多年前预言的那样:一个时代结束了。是的，不要低估这座摩天大楼的坍塌，我们所见证的是一个时代与另一个时代之间那巨大的变迁。

137 人类的文明，是一代代的诗人、一代代的智者持续奉献的对这个世界与宇宙的认知，并因此获得了一个个得以与真理相契合的瞬间，并因此免于被死亡与时间那摧枯拉朽的力量所伤，而得以挽留。

138 秩序(等级)与自由(民主)，不应仅仅作为一代代政治精英思考的核心命题。

就像在诗人那里，相同的命题被命名为“写什么”与“怎么写”。这两者之间的轻重缓急曾经并依然困扰着一代代的诗人与智者。而这样的困扰说出的是一个作为目的地的远方与一个有效通道之间不可偏废的艰难。

这同样是东西方文明在过去数千年间遇到的各自的，但又是共同的困境。从总体而言，东方文明信赖于秩序（等级），西方文明注重自由（民主）。如果说秩序（等级）作为重力世界的一种致命的局限，那么，它同样是重力世界的胎记与印痕。或者，它作为一个局限的世界，一个不圆满的世界的圆满。是的，金字塔作为重力世界的一个完善的形式，在埃及的出现，并成为一个民族，甚至是尘世的符号绝非偶然，它是一个民族与人类历代的智者对宇宙认知的一次总结与呈现。

近三百年来的文明无疑是一种西方的文明。我愿意把这之前更漫长岁月中的文明称为东方文明。但西方文明在近三百年，甚至在今天依然保持的强势，并不意味着秩序（等级）的消失，它以一种更为隐而不现的形式存在着。

或许，东方文明近三百年间的颓势为它自身的反省、休整与重新出发提供了一个良好契机。这是一种凝固、僵化的秩序，最终从自由（民主）中获得更新之力，并使秩序得以重现的契机。就像三百年前的那次更替不会是第一次，即将到来的同样不是东西方文明之间最后的更替。但正是这样的更替往复，一代代的智者终于为我们揭示出了文明的去处。

139 自 2005 年始，我的诗歌发生了一种深远而缓慢的变化。它不是我有意为之，而是最新的生命感悟要求我的语言做出自己的回应。在 2005 年之前，我的诗歌在朋友们中间获得了更广泛的认同，我曾经把它们比作针尖上的力量，也更容易抵达我们的心灵。但在我今天看来，这样的力量是不够的。

我知道，从一种自己熟悉的写作路径上转身是困难与危险的。这种危险性不仅仅包含了一条歧路向你敞开的可能，甚至是在你发现了一条大路时，你必须与你的影子一同承受那空旷之地的原始的孤独。如果我安于一种驾轻就熟的言说，那么，我就是一个绝望的人。但诗歌教会了我乐观与充满希望；诗歌教会我，并最终理解了每一次生命都是我们得以完善自身的一个契机。或者说，每一首诗歌都是我们得以完善自身的一个契机，而舍此，都是虚幻。对一个写作者来说，或者对于一首诗歌的完成来说，五年太短暂了，但它已然出发，并带着我全部的爱与信任。我也越来越信赖，并从杜甫、但丁、米沃什们那些最最质朴的言说中受到鼓舞，并把他们作为我生命与诗歌的楷模，并期望能与他们分享人与诗俱老的秘密。

140　痛苦与欢愉都不是诗歌，如果痛苦与欢愉都没有成为与本质相遇的一个契机。有时，我们更信赖于痛苦，是因为它更有利于构筑出一条通往本质的道路。

141　在刚刚过去的三十年中，形式主义者无疑取得了更显而易见的成功。他们获得了这个时代更多的关注，甚至成为这个时代汉语新诗的形象代言人。而这样的一个时代对另一群更为艰难的探索者有意无意的忽视与遮蔽并非一种惩罚，而是考验他们是否能从那旷世的孤独中汲取足够的力量，以与时代为他们所准备的巨大的祝福相称。

142　80 年代以及朦胧诗之于我们的重要性，在于它重新构筑出了这样的一个起点，它同时开启了形式与精神两个向度的探索与积累，在直接生成这两者之间的分离的同时，又无时无刻不在呼唤并最终促成那合而为一的必然时辰。而一个时代将因这样的瞬间获得命名与祝福。

任何一个时代与任何一种语言都必须在精神层面完成，这并不是否定形式建设的意义。这使我联想到初唐，那些形式主义的诗人们，他们曾在他们所处的时代中取得了引人注目的成绩，在我们今天的回望中他们又去了哪里？而初唐四杰、陈子昂、李杜最终勾勒出了一个伟大时代的轮廓。没有李杜、没有陈子昂的盛唐是不可想象的，但那些在今天鲜为人知的形式主义者们依然为我们所感激，他们同样是盛唐得以成为盛唐，一个伟大的时代得以成为伟大的时代，是李杜得以来到我们中间的那最坚实的部分。

因此，我不悲观，我们没有理由感到悲观，在这个形式主义盛行，诗人被边缘化的时代。因为我知道我们的时代正在积蓄着它的力量，它在等待那个必然的时辰。而我们在今天所有的努力都会成为那通往必然时辰的力量的一部分。同时，我们也从更远处通过我们传递向未来的力量，听到了八十年代的诗人们那些纯正的声音，只要我们倾听，只要我们有足够的宁静，只要我们有一颗与他们相同的向道之心。

143 政治从来不是你我所见的肮脏与丑陋的营生。

政治同样是一种试图给人与人的相处与人类的延续中呈现出的种种病症以药方的艺术或科学。

144 技巧的重要性在于为一颗最强大的心灵，为一种最强大的情感，为事物最坚硬与最锐利的部分找到一个最细微与最柔弱的出口。

145 思是一种从有回到无的过程，是通过对现象世界的洞悉，以揭示出重回本质的道路。诗的路径或许恰恰相反，从无中生有，发乎心，而溢于言表。

146 相对于李杜那个以抒情为总体特征的诗的年代，我们所置身的无疑是一个思的时代。

李杜那些气薄云天的诗行只能孕育于一个信仰的时代，他们终将在一种确信中汲取一个时代最雄壮与最浓郁的情感。而在一个过渡的时代，诗人必须更加宁静，更加凝神，以积聚出那穿越如此无序、如此纷繁复杂的时代与幻象的一种深刻的洞察。

147 我们可以重返一个诗的时代吗？一个纯粹的、属于抒情的时代。

那将是一个信仰得以重新确立的时代，一个伟大的时代，一个属于祷告、赞美与祝福的时代，一个如此美好，以至于我们必须如此之孤独的时代。

148 这是一个感受力日渐萎缩的时代。

人们越来越满足于一种表面的激情，一些轻浅的欢愉。

而这个高度市场化的时代确实也提供了足够多的商品来满足人们这样与那样的需求。

不仅仅是大型的跨国企业,也不仅仅是如蜂群般的小商小贩们加入到这个时代琳琅满目的商品的生产与流通中,同时,越来越多的艺术家、科学家与诗人加入到这场物质与商品的狂欢中来。他们试图用一种批量生产的,如这个时代的病菌般泛滥的欢愉来治愈他们自身,同时也因他们的狂欢而得以凸显一个时代的孤独。

或许,真的存在过一个瞬间,就像他们曾经以为的那样,他们治愈了生命中的孤独。就像做爱中的人,在射精的一刻,以为洞悉了爱与欢愉的秘密。

但——不过是孤独的重复,不过是更深的孤独,不过是最新的,却如此古老。

或许,我们与我们的农民一道丢失了的,是我们曾经拥有的质朴。我们痴迷于一种使鲜花与枝叶得以更持久地保持的花样翻新,令人眼花缭乱的技术,而渐渐荒废了对土地与植物之根的呵护。

149 这是一个本末倒置、缘木求鱼的时代吗?我们是那本末倒置的人吗?或许,做一个本末倒置或缘木求鱼的人要轻松与容易得多,在这样一个时代,甚至是在任何一个时代。或许,感受力的萎缩是这个时代的人们一种自觉或不自觉的合谋与选择;或许,用心灵的麻木来缓解孤独之于我们的压力未曾不是一种可以被理解的途径与方式。但另一条道路从来没有闭合,它从来就在这里,向你、向每一个时代、向每一个人敞开着，它在辨认那最终将它辨认的，它在接纳那最终有足够的能力将它穿越的人。

150 而你必须成为这样一个麻木时代的如此敏锐、如此坚定，又如此孤独的心灵。

是的，一个时代终将在你对一个时代巨大孤独的体悟与最终的穿透中获得拯救。那从曾为巨大的孤独所开凿的空阔中漫溢而出的，是倾注并滋养着每一个时代、每一颗心灵的喜悦。

151 对法律的建设与维护，是将之作为爱的一种延伸。

法律的尊严是建立在一种更深入与持久的爱之上的，而不能沦落为一种泄愤与以恶制恶、以暴易暴的方式。

152 即使在面对一个罪大恶极的人，我们心的战栗不是因为恨，而是因一种强烈的同情与怜悯。

153 现代人最大的不幸，不是因为“上帝死了”！

上帝在那里，或者从来不在。

就像密闭的房间中一个我们曾经得以仰望天空的窗子，我们因一种角度的固化，因对它持久的注视意识到了它对天空的遮蔽。但如果我们因此最终放弃了对天空的仰望，如果我们对一种僵化方式的克服没有成为与真理、与道相遇的一个最新契机，那么，我们就是一个真正的丧失者，一个不幸的“现代人”。

154　任何被说出的认知都在构筑一种新的遮蔽。但这都不应该成为我们屈从于重力世界惯性之力的借口。我们必须在一种持续的俯视或仰望中，积攒出重回寂静与黑暗深处的力，以与那不存在的原点之中的空阔相遇。

155　我们对世界的认识都不会自动地成为一首诗歌、一幅画，但我们的认知正构筑出诗歌与你笔下画面中的，那从来不曾存在的边界。

156　如果现代派作为注重于语言与形式探索的艺术群体的命名，那么，我可能是一个前现代派，也可能是一个后现代派。

或许，现代派作为这个时代最强势的艺术流派，曾经并且依然在为我们置身的这个时代代言。但强势并非作为它得以持久，更不是它获得正当性的证明与凭借。

是的，几百年，甚至千年如此短暂！

或许，我们的后人们，终将从我们在这个时代的徒劳中，辨认出我们劳作的意义。当我们在一个个台阶的蔓延，在阶梯延伸向无际处，见证一个道的世界、一个真理的世界、一个神的世界，一个伟大的时代再一次的诞生与重临。

157　艺术是对自由的渴望。

艺术的流变与发展的脉络无不印证了人作为一种受到束缚的存在那永久的渴望。譬如，我们的先人对物像准确描摹的渴望，是试图将一朵花、一棵树、一只猫，或一条鱼从它自身（那些有限而微不足道的时空聚合点）中解放出来的努力，而当对客观物像的描摹最终成为我们理解比物像广阔而自由得多的精神世界的障碍与束缚时，抽象的艺术形式作为对一种持久的渴望，作为我们长久的坚持的馈赠与奖赏，并来到我们中间。

但——抽象依然是一种束缚。

是的，束缚无处无时不在，在这尘世。不仅仅是形式成为一种束缚，我们对道、对真理、对神的执着同样生成一种新的束缚。

是的，束缚常新，而我们对自由的渴望永远不变，而一代代艺术家通过对形式与精神之间的辩驳，为我们揭示出了艺术最新而如此古老的去向。

158　那些最炫目的也最易于旧去。

如果一些表面的激情与技巧，并没有获取来自黑暗至深处的祝福与滋养；如果眼睛不是作为心灵的窗口，不是在心灵与万物之间建立起一种稳固的连接与通道。

那么，万物不过是过眼云烟；那么，这些表面的激情与技巧，不过是虚妄之物的一次新的见证。

159　成功的诗人或艺术家，无一不是在对传统的坚守，在对事物的幽暗与寂静的持续注视中，成功将自己的独特感受保存了下来。

否则，失败将作为我们共同的命运或一次集体的命名。

160 一个伟大的时代一定是一个本来的世界。

在这世界中，万物构成了事物的细节，万物通过有序而均衡的排列，重归并获得了事物自身的宁静与完整。

而在另一些时代中，人们试图通过对事物某一个细部进行无限的强调，通过对事物的变形来夺人眼目。它们因对事物的完整与均衡的破坏，而削弱了自身，而变得无助与虚弱。

161 我希望我能同时带着望远镜与显微镜上路。

我希望我能看见，并向更多的人转述就在我们眼前，但我们从来没有发现的事物。

我希望，我能从一次持续的眺望中汲取足够的谦卑之力，以向他们解释那最遥远的天边正是我们此刻站立的地方这样的秘密与真实。

162 知行合一的艰难，或者说，行的艰难，归根到底是知的艰难，是从小知的斜坡向大智的峰顶，那接近九十度的岩崖之上跋涉的艰难。

163 不是我们不够善良，而是我们不够智慧。

一个大善者一定是一个大智者，他不会为做善事而去做善事。他只是说了他所想说，做了他想做的，而无一不成为善的典范。

164 一首好的诗歌应可以清心，可以顺气，可以凝神，而无论婉约或豪放，无论雄浑或沉郁，无论高远或坚定。

165 风景必须成为我们的生活，成为我们的记忆与想象，成为我们身体的一部分。也就是说，盆景不是风景。就像西子湖，如果仅仅作为一种审美的存在，如果它没有通过苏堤与白堤将一个被一片水域隔绝的城市连接在一起，那么，西湖就不是西湖，那么，西湖就不是你我所见的这片精致而不失其宏阔的水域。

166 “戴着镣铐跳舞”是艺术的一种次一等的境界。

戴着镣铐的舞者还必须接受法度外在的规约，他还没有化法度为无形。

而一个完美的舞者是有足够的力量放下法度的人，他化法度为无形，而无一不契合于法度。

167 把诗歌比作一种减法运算，不如说是一种浓缩的艺术。

它越来越少，或者说，它必须变得更小，以使得一个句子、一个词语、一个标点符号所能承受，却没有丢失一滴血的重量。

168 艺术必须给我们以启示，必须向你的后来者，甚至是前人揭示与呈现那最新，同时也是最初的发现。

否则，不过是又一次模仿与抄袭，不过是刚一落笔，文字或笔墨就已然旧去。

169 石涛对造化与自然的强调，并非是作为客观的造化与自然，而是石涛眼中与心中的造化与自然，是“我”的造化与自然。

是的，你不再是你，而你依然是你，当千年已逝。

是的，你必须穿越那由你一个人背负，并只属于你一个人的时间与空间，那血脉、时代与风土之综合，你必须能从山在这一刻的站立与水在这一刻流淌中，辨认出千年之前的巍峨与回响。

是的，艺术必须是那初见。

是的，如果借古而不能开今，那么，“古”就从来不曾抵达今天的我们。

170 我不反对格言体写作。几乎所有的经文都是用格言体写就的，也就是用最少的语言来揭示事物最深处的黑暗。

但格言体写作的危险在于我们对这样一种写作，以及对事物至深处黑暗的企及之艰难有意无意的忽视，而陷入了一种口号式的泥淖与空洞中。

第二辑　2011—2012

171 山水千年中的变化，即人心在千年间的变化。

172 于精微处致阔大与于阔大中求精微是两种相向而殊途同归的方式。它们之间没有高低之分，而是具体的人或艺术的不同造化与命运。

173 诗歌不是莺歌燕啼，而是暮鼓晨钟。

它必须拥有从此地抵达远方，从此刻抵达未来与往昔的穿透力。

174 公正是一种持久的情感。譬如道，譬如真理，譬如神，它们都因对一种偏狭情感的克服而终于得以从事物无处不在的暂时性中挣脱了出来。

175 但尘世注定是绝望的吗？或者，我们都是那绝望者。一只绝望的蚂蚁，一条绝望的蟒蛇，一只绝望、笨重而蹒跚的蟾蜍。如果我们因将不再是这一只蚂蚁，因将不再是这一条蟒蛇，因将不再是这一只蟾蜍，并因此卸下它的微不足道，并因此卸下了它的笨重与蹒跚而如此揪心。

176 对恶了解得越多，我们就以为越接近于对人性的洞悉。

如果果真如此，那么，人生就不过是又一次的丧失，是最终而彻底地丧失为这尘世的绝望奉上的最新证词。如果对恶的了解不是为最终避开它设下的一个个无处不在的陷阱，以揭开与显现那尘世中不曾存在的缝隙，以作为与人性的至善再一次相遇的凭证。

177　向黑暗中求光明是容易的，就像向夜的深处寻找一盏灯。

而艺术，而诗歌的艰难与神奇是在于发明与呈现那最明亮的黑。

178　诗歌与艺术都是我们在苍茫的时空中确认我们渺小自身的一次努力，是对时间的易逝性与空间的苍茫感一次次的抗拒与辨认，是对生命无处无时不在，与宇宙一样阔大与恒久的孤独的体悟与认领，并从宇宙至深处的圆点，从那无边无际的辽阔中汲取，并最终积攒出将这微不足道的自我放下的力量与勇气。

179　只要心中有佛，那么，无处不是寺院。

只要一心向道，那么，无时不在修行。

只要时时心存敬畏与感恩，那么，你的所见、所闻、所感、所思、所言，无一不是诗。

180　如果你没有从山势的绵延中读出河流的恣肆与奔腾，如果你没有从一个岛屿的矗立中读出因时间深处的严寒而得以聚拢与凝固的一朵浪花，那么，你就从来没有见过山，你就从来没有见过水，你就从来没有与那在因缘和合中得以显现的万物相遇。

181　不仅仅是你，不仅仅是那些被你说出的词语，不仅仅是你的所见所闻所想，不仅仅是你命名并以为已然洞悉的万物。如果不是作为与本质相遇的一个最新的契机，如果不是为重回事物至深处的幽暗与寂静，那么，任何的语言都不过是另一些无根的浮萍。

182　诗歌是语言的炼金术吗？是的，我曾经附和过这样的比拟。但在今天，我更愿意袒露这种对语言与技术过度强调的诗歌风尚的忧虑。是的，语言与技术从来并依然如此重要。但如果我们对语言的强调是以精神世界的萎缩与对事物认知力的退化为代价，那么，诗歌将在并只有在那最坚定的反对与抗拒中显现。

183　不再有东方与西方，也不再有传统与现代，在这个急剧缩小与加速转动的宇宙中，我们与李白、杜甫，我们与屈原、但丁、莎士比亚，我们与米沃什所目睹的是同一道闪电，并穿越着因一次次的凝视而得以显现的，一个个时代山巅之上的微茫。

184　一个裸露的身体，无论它着与不着什么样的衣物都是不重要的，如果它不是饱含着画家的情感，以及他面对世界时所坚守的立场与态度。

就像诗歌的意义与神奇，正在于它赋予了一个乞丐与一个国王平视的力量与勇气，并使他们最终理解了生命那共同的高贵与卑微，那共同的孤独与忧郁，那共同的悲凉与喜悦。

185 谦卑还谦卑得不够。

或者，你还没有借得柔弱之力，你还没有积攒出足够的力量以放下强悍。你还没有放下雄辩，你还没有将江河的滔滔化为万物的无言。

186 重力是尘世与所有生命体的标识，也是真理的敌人。时间与空间同样作为重力世界的一种现象，并非本质的，或者说，作为寂静而幽暗的至深或至高处的一个不存在的圆点在尘世的投影。那些曾激起无数人的欲望与激情的用青砖黑瓦或钢筋水泥筑就的庞然大物，不过是新的海市蜃楼，包括从时间与崇山峻岭那双重的深处流向我们的一条最新的河流，以及我们口口相传，并试图以文字去凝固的另一个伟大时代的碎屑与残余。但依然有着无数却是唯一的道路留给了这尘世中的我们。是的，那并非是你在对重力世界的沉溺中肉体的又一次塌陷与消解，而是你用尽所有的力量，以放下自己，以放下这沉重的肉身，放下这无处不在的虚假的关联；是的，你必须通过“我”的彻底的消逝以完成对重力的致命一击；是的，那不是一滴水向大海深处的回归，而是空无重获那从来不曾存在过的乌有之乡的道路。

187　思是一个过渡的时代，一个信仰坍塌的时代中最重要、最真挚而最热烈的情感。

188　地域与时代作为对同一事物的两次命名，它们共同容纳着时间与空间。

就像我们无法想象，两千年前那个繁华的龟兹古国与今天我们所看见的苍茫的大漠是同一片地域。我们同样无法想象，今天在喜马拉雅山脉深处，那些孤独而虔诚的修行者与纽约街头嬉笑打骂的年轻人生活在同一个时代。

189　诗歌必须源于一种洞见，而不至于成为一些正确的废话之堆砌物。

是的，诗歌必须拥有这样的力量，以使在尘世与语言的岩层中开凿出真理那最幽暗的微光得以穿越并抵达我们的缝隙。

190　如果我们拥有一个足够遥远而可靠的支点，以获得足够宽广的视野，如果我们拥有足够的智慧与谦卑，那么我们终将发现，一只苍蝇与我们这些万物之灵的自诩者有着相同的美与善。

191　我就是从童话中走失的那个人。我永远也不要成为那个中年的死胖子。

相对于对浑浊的目光与浓重的口臭的忍受，我更愿意死于一次少年的决斗、一场青年的瘟疫，或者在耄耋之年，一次马背上的眩晕。

192 诗人的声名狼藉，以及他们的尴尬处境，是这个时代的缩影。

但诗人，你必须帮助这样一个声名狼藉的时代走出它的尴尬之地，你必须成为这样的一个时代获得拯救力量的那最坚实的部分，否则，你们就是那冒着诗人之名的又一群乌合之众。

193 在这个时代，诗人成为一种异类。

或许，在任何一个时代，诗人都必然是一个异类。

当我们认识到，一个真正的诗人必然是那针尖上的舞蹈者。

他必须如此之稀少，甚至从来不曾存在过，并与那接近于无尽的多相对应。

194 亲爱的读者，难道这个时代中充斥的以诗人之名装疯卖傻的人不正是你们一种共同的合谋吗？就像太多的人把蹙眉抚胸当作西施的标志一样。

195 杜甫提供的是一种生命在持续的修炼中不断得以完善后的洞见。

李白提供的同样是一种洞见。他以生命的激情为推动力，并一次次抵达理性与自觉所未觉察之处。

196 爱情作为生命的一种阶段性的情感方式，同样是弥足珍贵的。

是的，年轻人，我为你们祝福。但你们必须要警惕，以避免这样一种珍贵的情感，沦为一种自私的产物的诱惑，沦为因你们的年轻而来不及克服的，生命那致命局限性的一个隐秘出口。

197 我越来越不信赖一种所谓的天才写作，如果一种语言的敏感与才华最终没有构筑出我们与本质世界相遇的契机。

198 文学中的青年是不重要的，如果他没有获得足够的谦卑，并构筑出通向文学的中年与老年的通道。

是的，我总是饱含热泪注视着文学中的青年，因为我知道，那通往文学中年与老年之路的全部艰难。同样因为我知道，他们中的绝大多数，甚至是全部都终将消失在那通往幽深之处的，小径两侧无数的分岔。

199 一个瞬间需要，并在等待着另一个瞬间的唤醒。

或许，这正是阅读之于我们的意义。

200 在对道与终极真理的指认与体悟上，东西方宗教是相通的。

在东方的宗教中，道遍布于万物，也就是说，道同样栖身于我们的体内，我们需要的只是发现。而在西方，道外在于我们，需要我们终其一生地追寻。

或许，向外的探求开启的正是向内的道路。

或许，那无边无际的远方与身体深处最幽暗之处有着相同的遥远。

或许，我对东方宗教的亲近感并非仅仅因为一种血缘上的相连，更在于它为我敞开的，一种比血缘广阔得多的洞见：一条避开现象的诱惑，而得以通往本质世界的捷径。

201 有人说出了他嘴唇之上的甜。

有人说出了那将他的身体裹挟的丝绸的柔软与光滑。

有人说出了他肌肤的清凉与血液的温暖。

但你必须说出那骨髓深处的空无。

202 我希望能写出一种比汉语广阔得多的母语，我希望能被允诺，并说出万物最初的无言。

203 技艺的孕育与呈现，对应着我们对自由的渴望，而不是相反。

204 东西方宗教在对神的虔诚与敬畏这相同的情感培育中，西方着意于神的威严的维护，东方着意于恻隐与同情，着意于慈悲之心的袒露。

如果说，西方文明因其对力量的崇尚而显现出父性的特征，那么，东方文明因其克制而更多地显现出一种母性的力量。

或许，就像父亲与母亲之于一个家庭或者一个孩子的未来与意义一样，我们在今天对东方文明与宗教的渴望，正是因为我们（我们不是我们，或者我们既是东方人，也是西方人，或者我们更作为一种时间意义上的现代人）意识到了，我们因对自身力量的过度崇尚与使用，以及对自身所拥有的克制之力的丧失，而使我们置身的时代与未来，甚至是全部的过去陷入一种危险的偏狭之中。

205 是死亡赋予了生命以深度。或者说，是事物的有限性为万物开掘出了通往幽深之处的通道。

206 “上帝死了”，并不意味着两个端点的消散，而是它们之间那些曾经坚固连接的松动与坍塌。

这样的辨认如此重要，它是现代人如此之孤独与绝望的原因，同样是我在这个孤独而绝望的时代，依然充满信心的源泉。

207 我喜欢印度与犹太人的艺术，因为它们不会言之无物。

208 如果佛陀正坐在你的对面，在西湖边，在北山路21号，在2011年春天的一个下午，那么，他依然是未完成的。这无数的佛陀与那唯一的佛陀相隔的，是一个悟道者，一个尘世中生命的典范与真理之间的距离，是那一微米之中永远的鸿沟与天壤之别，也是尘世万物必然的代价与标识。

而一个放弃自我更新的人，一个对一微米之中那永远的鸿沟丧失了敬畏之心的人，一个将自己视为真理化身的人，他将永远地与真理失去联系。

这无疑是一种诅咒，并隐藏在真理的世界、神的世界与佛陀的世界向尘世敞开的，那巨大的爱与温暖之中。

209 爱必须作为一种目的地而存在，作为智慧那必然的伴随，而不是手段或工具。

爱必须获得那与本质世界相同的确凿，必须作为真理之树为这尘世奉上的一个又一个果实。它们必须把真理的枝条压得再低一些，以使尘世的目光与手指所能触及。

210 语言注定作为一种尘世的标识与代价，就像《金刚经》保存的是一个被误解的佛陀，同时又作为佛陀从真理的世界递给我们的梯子。或者说，佛陀如此广阔，他愿意被曲解，以构筑出那尘世的众生获得拯救的通道。

211 自由不是对欲望的屈从，而是对至真至善至美的事物、对道、对真理的向往与坚持。

212 我希望它既是雄壮的，又是幽深的；既是沉郁的，又是澄澈的。或许，这正是我所渐渐理解的诗歌之神奇。

213 南人北相与北人南相并没有区分南与北之间的优劣，而是指出那些优异的，恰恰是成功从自身的束缚与局限中挣脱与超越，并能从另一侧获得滋养的部分。

214 如果说艺术是一道窄门，那么，真理就是一缕光都无法穿越的黑洞。而尘世与万物在门的另一侧，作为真理一种奇异的对称。

215 贵妇或许高贵于荡妇。

但在一个虚假的贵妇与真实的荡妇之间，我更倾心于一个荡妇的真实带给我的悸动。或者说，只有真实才是有效确定一个贵妇与荡妇之间的差别或边界的标尺。

216 要像珍惜你的脸一样珍惜每一个词。否则，终将是文字的羞辱如鞭子抽打在你的脸上。

217 真正的同情不仅仅是你面对亲人朋友时的情感，而且是你面对所有人，面对万事万物所持的共同的情感与态度。一个罪大恶极者，依然值得，甚至更应该获得我们的同情。他们因一种无知而成为这个世界不和谐之力的出口。或许，同情还意味着你获得了一种新的启示：你与一个罪大恶极者之间的差异只在一念之间，而你们原本是那同一个人。

218 对技与道的侧重与辩驳，自古已然。或者说，每一个时代都不缺形式主义者与精神的拓荒者，他们共同勾勒出一个时代的总体风貌。

我更信赖于古人“小技以至大道”中对技与道的价值评判所泄露的，两者之间的紧密关联与平衡。道作为一种目的地，技作为一条必然的路径。

219 没有技的道是空中楼阁，没有道的技是用花瓣堆砌出的淤泥。

220 你永远都无法成为你自己，如果你不能同时成为另一个人，如果你不能同时成为你的对手与敌人，如果你不能同时成为每一个人。

221 诗人有性别之分，但诗歌不应有男女之别。或者说，性别恰恰是诗歌需要超越的部分，就像地域与时代。就像佛陀，以一个男儿之身，他完成的一定不仅仅是在这一侧的，而是一种向所有人敞开的启示。

222 诗关乎情怀，关乎担当，但情怀与担当又都必须通过细节才得以抵达每一个人的心灵。

或者说，细节不再是细节，它同样是一种与我们心灵质地相应的圆满。

223 “宁丑毋媚”说出的并非美不重要，而是我们对自身的不完善与不圆满的一次真实呈现将远胜过对美的拙劣模仿。

224 任何本来的声音都是值得尊重与珍惜的，无论雄壮与婉约，无论高亢与低沉。我们需要警惕的，是那些虚假的声音，那些装腔作势与矫揉造作的人。

225 一种对事物真正的质疑与反对，一定是建立在深入地了解与尊重之上的。就像我对形式主义潮流与弄潮儿们那坚定的质疑与反对，恰恰是为了去完成他们未竟的事业，并作为克服我们生命深处那共同局限性的一次努力与尝试。

226 诗人必须成为一个天与地的连接者，他必须用尽所有的力量，并将天空的无言化为野草的枯荣，花的开败，一只鸟雀的行与止，一个人的生与死，一个民族、一个国家、一个种族的兴与败标识出的一个时代与另一个时代之间的绵延与奔腾。

227 诗歌在根本上是作为一种认识，作为悟道求真的一个通道。或许，这是现代汉诗为我们揭示的最为广阔的启示，并将我们从古典诗歌那些密闭而自足的空间中解救出来。这同样是作为一种语言对一个时代做出的有力回应，当我们渐渐理解，一个被命名为“地球”的村庄，作为无数辽阔而无尽的国家之和。

而这样的启示还意味着，最高的智慧作为诗，或者万物那共同的边界。而美与善将不再单独得以存在，它们分别作为智慧的伴随之物，或者是那更高的智慧之后，美的显现与慈悲的袒露。

228　从2005年开始，我从一种清唱中练习与体悟声音的合鸣，直到由无数的声音合成的寂静从语言与身体那双重的深处显现。

229　或许，我一生的意义与使命都在于用一种众生更可感的语言，完成对《金刚经》《圣经》《古兰经》的转译。而这同样作为佛陀、耶稣与穆罕默德们那共同努力的一部分。

230　这并非一次发明，而是发现，是再一次的。

《金刚经》完成的正是佛陀对幽暗与寂静之地所见所闻所感的转述。

231　当你因此而悲伤，当你因此而喜悦，当你终于理解你的悲伤与喜悦都不仅仅作为你个人的情感，而是一种普遍经验在这一刻向你敞开，那么，你将不再因你一个人的悲伤而悲，你将不再因你一个人的喜悦而喜，你将因寂静深处的轰鸣而获得一根电线在电流持续穿越中的战栗，而你终于在一只翠鸟的舌尖发明出，那为无数清晨的露珠所濡湿的清脆的啼鸣。

232 诗是我们对自由的渴望，是我们的心灵从形形色色的，甚至伪装成我们渴求的束缚中解放出来的一种朴素愿望。

233 艺术必须是一种从心的产物。如果艺术家为迎合大众的趣味，甚至一个权威的声音，而放弃对心灵深处最微小的自我的追随与坚持，那么，无论他曾经制造出怎样的喧哗与骚动，在这一刻，他就是一个艺术的背叛者。

234 我们还需要警惕与辨认的是，我们的心灵在这一刻多大程度背叛与偏离了一颗本来之心。诗与艺术还意味着我们从我们的内心出发，一次次向本来之处如此艰难地开掘，并在这样的开掘中，得以一次次卸下时代、地域、血缘与种族带给我们的束缚。

235 传统作为一个民族或种族对自由的总结与综合的同时，它还意味着一种古老而常新的束缚。

而这里有一代代艺术家那共同的命运，那共同的幸与不幸。

236 诗人一定是一个极度自我的人，而一个伟大的诗人，他必须积攒出足够的力量以放下这如此强烈而又微不足道的自我。

237 从一种深刻的，一种高浓度而厚重的思之中，终将分泌出诗的芳香。

238 向那个冰冷而坚硬的世界注入这尘世的温暖，或是用一种被所有人弃绝的洁净完成对这污浊尘世的救赎，将构成我所有劳作的意义。

239 如果没有一颗向短暂事物致敬的心，那么，我们将永远无法理解永恒。

240 才气是一个人的福分与优长，它同时又意味着一个人的瓶颈之所在。更多的人，被限定在他的才气里。只有极少数者最终突破与穿越这种与生俱来的限定，并重获了他最初的完整。

241 传统不仅仅发生在过去，它同样发生在当下与未来。或者说，传统并非作为一种早先的事物而存在。就像在绘画中，我们向传统的回归与致敬，并非是要回到石头在石头上的刻画，而是回到在石头与石头的触碰中，我们得以与事物本质相遇的一个瞬间。而这样的瞬间同样发生在笔尖与宣纸的相触，发生在一些依然不为今天的我们所熟悉的新材质中，如果这种材质证实自身作为一条通衢，一条通往事物本质的捷径。

或者，传统恰恰是我们在不断地对形式与材质的更新中，成功保全的，那千古不易的部分。

242 当我们认识到我们的肉身是一个他者，我们才有足够的力量企及我们的灵魂。但灵魂依然作为一个他者，作为我们抵达万物之本质的有效通道，那有与无之间坚固的连接。只有在这里，我们才能理解，那一草一木的枯荣，一颗露珠的滑落，一只飞鸟的啼鸣，与我们本质的相同。

243 精神并非作为一种思想而存在。精神往往在对一种固有思想的反对中显现。相对于思想，精神更是一种行动，是灵魂一种持久的警醒，是我们对尘世局限性的体认，以及对空无那永恒而无法遏制的激情。

244 以否定切近与见证本质，可能是现代性的一种标志性特征。

但现代性又注定是一种暂时或阶段性现象，一个过渡与破碎时代的景观。

信仰与完整不仅仅发生在昨天，同样是我们在今天与明天的一种真实体验，即使明天可能比千年更遥远，即使今天深埋于那比岩石更为坚固的幻象之中。

245 有人从这破碎与纷繁的幻象中读出了惩罚。但，终将有一个人代替所有人，用一种凝视穿透凝固的熔浆，并认领下那全部的考验与祝福。

246　以否定来切近与见证真理，是波德莱尔以来的这个时代一条人所共知的捷径。

但它一定不是唯一的道路。

任何道路的呈现，都将意味着一条反向道路的存在，这同样是我们尘世最根本的秘密之一。而我愿意从这条相反的道路去接近与抵达。

这无疑是一条险途。

我的知不可为而为之，是在于我深信，这里有着更为广阔的祝福，有着一条时间深处的“捷径”。

247　诗人从来是一个预言家。或者说，每一首诗歌都是一次预言，都是诗人通过他对时代、对生命个体的感知，并为我们敞开一种洞见的努力。

而诗人的预言将因他对真理、对事物本质的偏离而消散，或因对本质的切近而得以挽留。

248　你要不断地去剔除这尘世的局限性，或者，你要不断地去获取澄清的契机，直到那只属于你一个人的，致命的局限得以显现，并成为你，成为这尘世如此坚固的标识。

这“标识”曾说出李白的放浪不羁，也曾说出杜甫的顿挫沉郁。

249　这致命的局限性，作为人与神、尘世与真理、有与无之间那坚固的连接，就像《金刚经》，这被后人虚构到尘世的文字，这些注定了的一次新的误读，它们最终成就了语言在尘世的圆满与祝福。

250　一种对佛陀真正意义上的致敬，就是从《金刚经》对我们的束缚中挣脱出来，就是永远不要成为一个任何意义上的佛教徒。

251　或许，你必须更无知，才得以切近那真实的自己。

252　最近的诗歌中，我获得一个重要的词语——“绝望”。

绝望并非常人以为的接近崩溃的情感，而是一种需要更深的沉静与孤独才能抵达的人世之极乐或欢喜。

253　佛陀不会为孤独而成为这孤独之极者，而是因成为佛陀而不得不如此孤独。

254　诗是一种语言、一种技艺、一种方法，更是语言、技艺与方法之上的远方，是那无穷无尽的远方必须被发明出的空无。

255　只有从冰冷的骨灰中发明出生命的温暖，我们才能真正有力量说出对尘世的热爱。

256　你必须更为广阔，以与你感受的孤独相称。

257　不要被任何的事与物所羁绊，即使以爱的名义。

不要被一种所谓的民族或种族的激情所蛊惑，即使以善、以真理或道的名义。

258　只有那无知的人才会成为一个目空一切者。

而你必须穿越，你必须透过万物，以抵达与感受那无处又无所不在的空无。

259　如果说人类所有的生存行为都可以归为善的模型，那么，我们就不能将蚊虫对我们的侵扰，并从我们的身体中打捞出甘甜的蜜指为一种恶意的行为。或者说，我们就没有理由讥讽一群苍蝇对一堆潮湿而新鲜粪便的趋附与热爱。

260　对一个从来不曾思考过死亡的人，我不知道我能跟他说些什么。

一个从来不曾获得过一双临终眼睛的人，一个从来不曾发现隐藏在每一个瞬间之中的悬崖的人，他永远不能在晨光里的一棵小树、一茎衰草、一颗晶莹的露珠中见证那生命的壮美与奇迹。

261　简洁不仅仅是语言的法则，它同样作为我们生命深处的圆满。

262　庄子的“得意忘言”道出的何曾不是尘世那共同的

局限？

“忘”是对语言之局限的克服手段，也是结果。或者说，“意”的圆满或“道”的凯旋，必须在“忘言”中才得以抵达与呈现。

263 这也是中国古代文学、艺术将简洁视为最高准则的更深处的秘密。就像《老子》《论语》这些格言体经典，就像中国山水画，简洁不再仅仅指向语言、形式本身，它同样蕴含着对语言、形式，甚至是这尘世局限性的一种深刻洞察。

264 用“以少胜多”来解释我们古人对简洁的理解依然是表面的。

从来没有胜利可言。这是我们必须通过不断地舍弃与放下，必须以无穷无尽地，接近于无的少，才能企及的尘世之圆满。

265 诗作为一种自由的同时，又必须能够成全一次公平与正义，在语言的深处。

266 克服不是一种简单的摧毁或否定，而是对时代、对尘世、对你自身局限性的深刻体认中的一次次的完善与超越。

267 诗是空无在时空中的位置，是道在尘世中丈量自身的标尺。

或者说，诗并非语言。诗是道，是空无与我们在尘世中的相遇。

268 就像“空”说出的不是空，“无”说出的也不是无。

或者说，“空”是为容纳下这无穷无尽的有，为容纳下整个宇宙而必须被发明出的无边无际。而“无”是为承载下无穷无尽的未来与往昔而甘愿永远不显现其自身的，一个被称之为“此刻”的原点。

269 那些担忧语言因我们对道的抵达与揭示的一刻化为乌有的，是另一个杞人。

道永远无法抵达，在这尘世。

或者说，语言从来是这尘世局限的见证，并终将因与道的切近而得以一次次重获这尘世的圆满与无垠。

270 每一个瞬间都深埋着一个通往真理的斜坡。

绝大多数人，因对这样的瞬间的忽视，而在无知无畏中度过了漫长的一生。

271 生命是以消逝得以标识的存在，是你选择这样，而不是那样，是你选择与这些，而不是那些事物一同消逝时，那全部的喜悦与艰难。

272 一个人的神奇不在于他在二十岁时拥有一颗诗心，而是他在四十岁、六十岁、八十岁，当他历尽人世的沧桑后依然成功保全了一颗赤子之心。

273 只有这极少者，只有这历尽沧桑，同时成功保全了孩童般的赤诚与天真的人，才能成为真正的诗人。

他们不再写下一个字，但已尽得这人世的风流。

274 只有当我们意识到语言的限度时，我们才可能真正领受到来自它的祝福。

275 诗歌并非分行的文字，而是你最真切的生命体验，在语言中的凝固。

就像，书法不是汉字，而是你的悲与喜，你的赞美与祝福，你最真切的生命体验，在这微小的点画结构中的呈现。

276 书法不会因我们在岩石上的勒刻而得以永恒。或者说，任何的媒质都是有限的，无论是宣纸、绢丝、竹简，还是新近得以发明的电子储存媒介，它们都不过是一片新的沙地，或一缕微风与另一缕微风之间，那片辽阔的，仿若静止的水域。

277 我愿意把春秋到晚清的两千年作为一个整体去观察，这我们所自的一种如此伟大的传统与文明。魏晋至盛唐构筑出了中国古代文明的顶峰，而这之后的一千多年，勾勒出的恰恰是一种如此伟大文明的衰败之路。就像在书法这一径上，王羲之作为一个集大成者，他完成了对“古质”的总结，同时开启了“今妍”之滥觞。或许，对“妍”，对形式的追求，恰恰是一种艺术，一种文明千年来衰败之症结。

278　这是一种文明自身在不同阶段的气数，也是一群人在各自时代中的幸与不幸。

而他们以各自的坚持，标识出一个又一个时代，并绵延成我们此刻回望中群山的奔腾。

279　一种伟大文明的复兴，或许，恰恰是对“古质”的再一次发明。

只有在此意义上，我们才能真正理解五四运动及辛亥革命的意义。那“千年未有之大变局”，那是一个民族、一个如此古老文明的重新出发，那是对甲骨文、汉简、帛文，以及北魏石刻的集中发现，那是在衰败到了极点之后，必须以大破才能抵达的大立。

280　现代艺术与诗歌，似乎更多地，或者说更擅长于表现一种分裂的情感与自我。这并非艺术家与诗人一种新的创造，而是他们作为尘世那最敏锐的部分，率先说出了一个时代深处的忧郁。

281　“现代性”是波德莱尔以来人们的一种共同命运。

如果说“现代性”是我们向真实的一次出发，那么，当“现代性”导致了诗人对语言与技术的极度迷恋，并对真实构筑出一道新的幕墙之后，我们又必须独自向真实再一次出发了。

282　顾客是上帝，说出的并非是对人的尊重，而是这个拜物的时代中，我们以他们的名义，说出的对物、对金钱、对商品价值的顶礼膜拜。

同样，那些以读者为上帝的人，并非一种自我的克制，而是在自我的放逐中，完成的对名与利的屈膝。

283　那些执意要在这个如此纷繁复杂的时代，构筑一个风花雪月的居所的人，不是因为瞎子般的盲目与愚人般的无知，那么，一定源自一个懦弱者的自欺。

284　一个自以为已然洞悉一切的人，一个自诩的“明白人”，恰恰是因为他丧失了抵达更远的不明之地的能力。

285　无论是从波德莱尔以来的现代诗歌，还是以李杜为代表的古典汉语诗歌传统，它们都一直经受着来自使诗歌仅仅作为一种技艺的那条越来越狭窄的道路的诱惑。但诗歌又必须在向时代，向政治、经济、风俗编织成的万物的敞开中，构筑出诗歌自身的救赎之路。

286　我们对事物的成见越多越深，就意味着我们自身的局限越大也越坚固，就意味着我们自身的束缚越多，也意味着我们最初的无边无际的丧失，并最终陷入了茧壳之内那逼仄的空间中。

287　你必须不断地放下你的成见，你必须不断地克服自身的局限，你必须不断去挣脱这仿佛无尽的束缚，你必须彻底放下自我，以再一次与万物相遇。

你必须积攒出所有的力量与勇气，以重新获得最初的无边无际，你必须成为那唯一，又是这广阔世界之全部，你必须成为那真理般悖论的再一次的见证者。

288　或许，我们作为一个现代汉语诗人所有的幸与不幸，都在于我们还没能在这个如此喧嚣、充满幻象的时代中发明出一种抵达真实的语言，就像李白、杜甫，就像苏轼、陶渊明、屈原，在他们各自的时代中，通过各自如此艰难的开掘，并为我们呈现了那共同的真实。

289　你必须成为那是非分明，而又温和敦厚的人。或者说，你只有成为一个是非分明的人，才能成为这温和敦厚者。

它们共同地源于你永远无法企及的智慧，并因这智慧而是非分明，并因这智慧而谦卑，并因这谦卑而温和敦厚。

290　真正的精神是我们对千古不易之处的一次次发现与辨认。它从来并一直在这里，而我们每一次的发现，仿佛又一次的发明，仿佛又一次的无中生有。

291 唯有道与真理能高于生死。

292 如果生与死之间的奇崛并不能为我们揭示出通往真理的斜坡，那么，就从来没有过生，从来没有过死，就从来没有这生生灭灭堆砌出的，一个虚幻的人世。

293 知识是前人或他人为我们揭示的真实。智慧是你在前人或他人为我们揭示的真实中开掘出你一个人，同时是每一个人的真实。而精神是一个人、一个民族，或一个种群，在面对知识那世世代代、历久弥新的诱惑、辨认与抗拒中，最终使一个人成为一个人、一个民族成为一个民族、一个种群成为一个种群的秘密。

294 如果说薪火相传说出的是我们用知识的火炬，来开掘与发明出我们这一代人，甚至是世世代代深处的真实，而正是这相同的使命使无数人，使世世代代的我们成为那同一个人，成为每一个人。

295 诗必须在最自然的状态下来到我们中间。同时，我们又必须全神贯注地，我们必须用尽所有的力量，以辨认出冥冥中的，那来自幽暗与寂静至深处的召唤。

296 名实相符，或名至实归，是一种最理想的状态。

而这两者之间的偏斜，构筑出一个必然而如此坚固的尘世。

但诗人，你知道，相对于一个寂寂无闻的优秀者所经受的来自孤独的考验，那些浪得虚名者，那些对名声孜孜以求的人，那些名满天下，那些得到的远远多过应得的人，他们因多余的名声而受到的伤害甚至远远超过那些不及者，那些终其一生寂寂无闻的人，那些因坚守着可贵的寂静，而永远为世世代代的喧嚣所淹没的人。

297 我愿意与文学、与诗歌毫无瓜葛，如果它们不是这样的一种力量，并帮助我涉过了人性中的沼泽，并因此获得一个个神启的瞬间。就像我将《圣经》作为文学作品来温习，就像在我每天对《金刚经》的诵读中，首先将它作为一种呼与吸，以及宁心静气的练习。

298 我曾经把《神曲》作为这尘世的一种不可能之物，直到最近，我辨认出另一种可能。它在那里，它一直在那里，它甚至比人类那共同的孕育与命运更长久，它在等待一个更持久凝神后的瞬间，它在等待时间以更深之孤独完成的浇筑。

299 这尘世并非是栽给我们的，我们只是领受了这应得的祝福与惩罚。只有极少数者，被应允知悉我们因何获得这祝福与惩罚。只有这极少数者，因他的知悉，因他对这尘世通行证般羞耻的辨认，并因这世世代代为羞耻激发出的精进与克服的愿力，而终于免于再一次为忘川之水所隔绝。

300 阅读就是在体内挖坑，沉思与写作亦是。你必须挖，而且必须不断挖掘。铲的每一次挥动，都能搬走一块黑色的云。你必须挖，你必须在一种如此简单而重复的劳作中挖掘，并见证尘世又一个盛大的节日，你必须穷尽人世的徒劳，以再一次见证这消融于万物之中的空无。

301 名声是我们心中的蛇，而并非传说中的恶棍。

如果不是我们心中的欲念之火，一次次将它从持续的酣睡中惊醒。

302 我们必须向农民学习与分享一种简单而纯粹的生活与情感方式。

一种基于对土地的尊重与虔敬，而越来越坚定地，对一种看似徒劳的重复劳作的坚持。

303 灵魂出窍，是一种真实而美好的生命体验，是如此庸常的尘世获得救赎的窗口在这一瞬间的开启。

304 诗必须是生长着的。诗必须在这密不透风的尘世幕墙中如此坚韧地生长，并给我们以启示。否则，它们不过是一堆酸臭的文字。

305　如果必须在现实主义与浪漫主义之间做出选择的话，那么，我就是一个相信奇迹与神秘事物的坚定的现实主义者。

306　科学不是许多现代人眼里的妖魔鬼怪。它同样是我们悟道求真的一种方式。如果说这样一种方式在今天需要我们做出更多反思，那么，是在于今天的我们已把它作为唯一的方式与通道了，就像中世纪世俗宗教曾带给人们的狂热与褊狭。

307　真正的孤独不是一种孤立、涣散或破碎的状态，而是孤独者在受到那“唯一”或“无”的越来越强烈的吸引，而从破碎、涣散与孤立的状态中挣脱出来时，那全部的喜悦。

308　艺术家与诗人在更多的时候显现为一个痛苦者的形象，是因为这些更为敏锐的肉体与灵魂，因其敏锐，而更强烈地感受到两种相反之力的撕扯。是的，诗人与艺术家又必须成为那更具洞察者，他因对一种来自肉体（物质）的牵引之中的欢愉的短暂与腐朽性的辨认，而终于积攒出了弃绝之力。

309　生命即意味着个别与不同。或者说，出生意味着被一种共同的“一”或“无”的遗弃。同时，这种遗弃将不会伴随我们的死亡而自动终结，如果我们这漫长的一生并没有积攒出一种新的弃绝之力。

310　所有的诗都是同一首诗。所有的人都是同一个人。所有的孤独、所有的痛苦与欢愉，都是那被尘世的色彩、声音与词语涂抹、裹挟、篡改后的幽暗与寂静。

311 我们向传统的回归一定不是向我们更早的祖先的回归，而是向比我们最初的祖先更早的时间的回归，是向时间被孕育的一刻之前更早的时间的回归。而只有这里有着我们全部的未来。也只有在这里，我们才能更好地理解我们自身，理解我们的国家、民族、宗教与历史，以及它们之于我们、之于我、之于每一个人的，那全部的意义。

312 我们向传统的回归不是一种后退，甚至也不是向前、向左或向右的一种方向性固守，而是对一个从不显现自身的原点的强烈吸引的感受，以及对我们自身所处的位置与那强大的引力源的或切近或偏离的判断，对我们的脚下呈现道路的每时每刻的修正。

313 海子是一个悲伤时代的见证。或者说，海子是我们曾经共同经历的时代那最触目的伤口。

314 任何一个时代都是艰难的。但诗人，你不仅仅是一个见证者，你还必须是一个预言家，你必须在时间的深处完成一次向未来与往昔同时敞开的启示与发明。

315 语言的一个重要的功能在于唤醒我们生命中那些最初

的体验。

而这种原始性体验在我们的生命，甚至所有生命之前就已然存在，同时，它将存在于所有生命消逝之后。

或许，只有在这里，我们才能真正放下我们的分别心，放下新与旧，过去与未来，你与他人之间的不同。

316 一次充满激情的性爱将远远超过一首蹩脚的诗歌带给我们的教益与感动。

而一首伟大的诗歌将赋予那些短暂的激情以永恒。

317 时间即意味着背叛。

所有的今天，所有此刻的欢愉与美好，所有的痛苦与悲伤，都将化为记忆的底色，就像万物，就像我们脚下的大地，就像更多燃烧的星辰，最终化作了我们头顶的天空。

318 你必须一直追随你内心深处那最真实的声音，直到遥远的天边。

你必须永葆一颗赤子之心，以避免那无色无声无味的真实淹没在时代的喧嚣中。

你必须在提笔的那一刻，放下所有的读者，包括李白、杜甫，包括莎士比亚、但丁，包括曾与你分享过一个时代，并被你誉为我们这个时代先知的米沃什。

你还必须忘了你自己，忘了你曾是一棵树、一朵花、一茎草儿，忘了你曾是在一棵树、一朵花、一茎草儿的影子中奔波的蚂蚁。

319 技是一种控制力，道意味着终极自由。

而艺术是一种如何通过控制，以获得终极自由的秘密。

320 技术作为一种控制的力量无疑是可贵的。但诗人们对这样一种控制力的迷恋，又构筑出了一道语言的幕墙，并将更多的心灵隔绝开来。

321 一种真正的思，一定是最最质朴的。它既细腻，又丰沛；既寂静，又雄强。

322 思是对无穷无尽的引力与诱惑源的感受、甄别与判断后做出的选择，是对本质、对那稳定而唯一的源泉的顺从。

323 真正的批评不在于说服，而是袒露一种不同的观点与视角。

324 那些带有启示性的，往往既是独特的，又能有效地唤起一种真实体验。而这两者，又是以后者为根本或基础的。更多的人，往往舍本而求末，缘木以求鱼。

325 我希望通过不断地放下与舍弃，以不断地完成对柔弱与雄辩那双重的克服，以获得一种既寂静又雄辩、既柔弱又雄强的力量。

326 一颗昏沉而蒙昧的心,需要一根粗大而结实的鞭子。那在虚空中的手的每一次抽动,就是一次新的祝福,直到你醒来,直到你从一个时代的喧哗中,辨认出那无人亦无物的孤绝。

327 每个时代都有着每个时代的喧嚣。诺贝尔文学奖是我们所置身的时代在文学领域最大的喧嚣。这无所谓幸与不幸,甚至无关褒贬。而只有当一个人用他的孤绝,为一个时代,为那巨大的喧嚣发明出一个静止的风暴眼(这真是一种奇迹,它始终处于风暴之中,而又从来置身于风暴之外),那么,在多年之后,他才可以说,诺贝尔奖说出的并非一种诅咒。

328 一个巨大的时代,一定是一个大交流、大融合的时代,就像春秋,就像盛唐。春秋因为大交流与大融合而成就了诸子百家,盛唐因为大交流与大融合而完成了从初唐的纤柔妩媚向盛唐的雄伟壮阔的时代风貌的变迁。

而晚清、民国以来开启的是一个新的大交流、大融合时代。虽然相对于前两次,这次的交流与融合更多显现为一种被动性,但在根本上又并非如此,或者说,这是一种封闭了一千多年的如此古老而纤弱的文明,必须以大破而得以获得的大立。或者说,这是一种代价。这种破坏性力量的价值,或许将在时间的深处得以显现。

就像我们在今天回望春秋时代我们的先人们，那些楚的文明、吴的文明、越的文明、秦的文明、燕的文明、鲁的文明、齐的文明的坚守者，他们从一次次的争辩中，发明出了一种如此伟大的中华文明。而我们终将在这一次东西方文明的争辩中，发明出一种伟大的人类或地球文明。只要我们有足够的自信与广阔，只要我们能最终克服那将自身限定在一个人、一个民族、一个国家或一个种群之中的褊狭。

329 道是一种伟大的静穆。

330 真正的继承一定是反向或批判性的。或者说，真正的继承必须在一种深刻的自省中完成。否则，不过是又一次模仿。

331 自省将帮助我们成功突破尘世将我们限定在此时此地的藩篱，以完成一次与比我们自身深远得多的传统的对视。

332 传统是我们的所自，我们的此刻，也是我们的未来，是世世代代的人们那世代相续，而永远都不会完成的一次又一次对道的辨认。

333 这辨认发生在对生老病死的最切身的体验中，在一切最卑微而最辛勤的劳作中，在我们每时每刻的悲伤与欢愉、孤独与赞美、叹息与静默中。

334　一首伟大的诗歌，或者一件伟大的艺术品，一定不是挽歌式的。就像在今天，对农耕时代的缅怀将无法激发出一首伟大的诗歌，我们必须在这个科技高度发展，全球化的大交流与大融合中，发明出一种新的道德与伦理、公平与正义。

或者说，一首伟大的诗歌必须成为对道的一次新的见证。

335　老子对“小国寡民”的颂扬，是对小国中人与人之间简单、纯粹，如亲人般关系的向往。在有国之前，人类以家庭或家族的形式存在着，他们在一片山坡或一片树林中定居下来，就是一个村庄。后来，一个家族与更多的家族联合，一个村庄与更多的村庄联合，以获得更多的安全与利益，或许，这就是国家的雏形。但国家的形成，以及不断地扩张与融合，也意味着人与人之间，那孩童般、那赤子与亲人般的关系越来越难以保持。随着全球化的深化，随着地球的各种文明交流与融合的不断深入，地球终将成为一个村庄。它最终能否重获那最初的“小”？它最终能否回到老子在两千多年前的理想之中？

我并不悲观，因为那些最初、最朴素的情感依然，并永远在我们每一个人心灵深处。而这样一种最初而朴素的情感，终将激发人类新的伦理与道德的重塑。而这里同样有着一首诗歌，一个人的秘密。当我们历尽沧桑，当我们终于重获一颗赤子之心。

336 只有一个懂得珍惜自己的人，才会真正去爱人。只有那珍惜自己胜过一个民族、一个国家，甚至于整个宇宙的人，他才会真正理解，并去热爱一个民族、一个国家，以及那使他得以成为他的宇宙。

337 那些细小的虫子不是真正的隐者，在密林之深处。真正的隐者是在无数枝头，分享大地深处的幽暗与寂静，并终将以枯萎、以腐烂来辨认大地深处那无所不在的缝隙，而此刻依然如此茂密苍翠的叶子。

338 最广阔的情感一定是无悲亦无喜的。

或者说，悲与喜都是我们自身那无法克服之褊狭的最新见证。

339 没有一件艺术品的美能高过自然，没有一部经文的教导能高于自然本身所蕴含的善，也没有一种你我所谓的真理能高于那一再将我们孕育与发明的自然。

340 相对于自然所蕴含的既极简，又极其繁复而细微的丰富性，任何一件伟大的艺术品都终究是挂一而漏万的。

341 自然是祛除了所有的人力后，那最初的宇宙，那最初的时间与空间，直至空无。

这里潜伏着一种深刻的悖论。

人类文明从一开始就作为一种与自然相抗衡的力而显现，同时，它又必须穷尽世世代代的徒劳，以获取重归于自然、重归于最初的一瞬。

342 天才更像一道强光，它往往能迅速找到岩石本身的缝隙。

而我更信赖一种缓慢的力量，就像滴水穿石。

343 风格是一个人的个性，也是一个人的局限之所在。

一个风格卓绝的人与一首风格卓绝的诗，又是以放下他（它）所是的风格为最终目标的。

他终将在一次次地放下中，完成对自身局限的克服，并一次次感受放下的喜悦，并在语言与尘世中留下独一无二的印痕。

344 只有在一种孤绝中，你才能听见或感受到道的寂静，以及真理的永恒。

345 真正的辩论不会有输赢。或者说，真正的辩论完成的是一次擦拭，是我们又一次从镜子中看见了那为尘埃所隔绝的自己。

346　如果没有对道与真理的辨认，以及因此获得的映照，那么，所有我们耳闻目睹的历史，都不过是一代代的人世在虚幻中的堆砌。

347　德是我们在对道的深入体悟中获得的一言一行，而不是那些以道为名所发出的臧否，那些伪装后的个人褊狭。

348　如果能在至高或至深处发明出一个可靠的居所，那么，我们将发现，所有的观点，无论它们之间如何相悖，都是正确的，在各自的角度与层面上。

349　没有大地支撑的语言是虚幻的，不为星辰所映照的诗歌是速朽的。

350　圣人同样有情，或者说圣人多情而又不再为情所困。

在感悟了“我”在宇宙浩渺中的微茫，以及“我”作为宇宙被感知与盛放的唯一容器之重大，圣人不再为一己之得失所困，同时，又时时警觉，敏锐于心，以感受宇宙深处的壮阔与微茫。

351　佛陀、耶稣、穆罕默德都不是一个彼岸的神，他们与我们共同拥有着一个如此坚固的尘世。他们作为尘世中一种完美的典范，作为我们身边的圣人，又各自为我们揭示了知行合一那全部的喜悦与艰难。

352 或许，诗歌就是我们语言凝固后的“看”；或许，绘画就是色彩、线条凝固后的“看”。或者说，诗歌与绘画就是这个在“看”的人，就是他在持续地修炼中，道或德行在他生命中的位置。

353 美猴王火眼金睛的获得并非因为火的烧灼，而是因一只幸运的猴子在炼丹炉，在那逼仄的空间中，对火焰持续地凝视。

354 道不是我们头顶上的紧箍咒。

道是我们从心所欲而不再逾越的“矩”，是我们说出我们所想，行我们当行，而无一不成为至真、至善与至美的典范。

355 永远不要成为一个老谋深算者，但你又必须阅人无数。

永远不要成为一个“老好人”，你必须成为一个真理与道最坚定的守护者，同时，你又必须对尘世之局限性有着深刻的体认，并因这体认而获得那无处无时又无所不在的悲悯。

356 任何一个时代都不会是寂静的。但寂静又是被镌刻在万物至深处的标尺。它说出了每一个人、每一种生命的光荣，它说出了你，以及任何一个时代的羞耻。

357 对李白、杜甫与苏轼来说，真理是不言自明的。道在每一个人心中，诗人只需要通过他的所见所闻、通过他眼中的一草一木、通过命运带给他的起伏与皱褶来确认，来说出他的感动与惊悸。

而作为一个现代诗人，我们必须一次次地通过与自我、与他人、与时代的争辩，来为真理、为道赢得它的必然与合法性。

358 诗歌与艺术，甚至宗教都必须是我们的生活，然后才是一种创造与发明，然后才是我们仰望或俯视中的幽暗与寂静。

359 优胜劣汰是一条比我们自身坚固得多的自然法则。

但这一法则又必须建立在更深的自然之上，那就是众生平等，或万物同源。

唯有在这里，我们才能真正地与自然相契合，我们才能顺应自然，而又不落入弱肉强食这人性的沼泽。

360 一个整天提着杀虫剂而不可一世的人，他终于发现他同样是一只可怜的虫子。

361 诗人是一个世俗意义上的失败者吗？我愿意说，真正的诗人一定是生命深处的凯旋者。或者说，他是那愿意以世俗意义的少来换得生命深处之丰腴的人，他是一个愿意在不断地后撤中，感受因生命对无处又无所不在的局限与羁绊的克服，而重获自由与喜悦的人。

362 在一个世俗国家中，最显赫的成功者莫过于国王。“普天之下，莫非王土；率土之滨，莫非王臣。”而佛陀作为一个王位的继承人，他最终放弃了这最显赫的成功，正是对生命深处那共同沮丧的辨认。这辨认的意义如此重大。它最终使佛陀成为佛陀，而不是一个逝去王国的主人，不是我们必须借助一截截残垣断壁，或是一些腐烂的竹简才得以想象与虚构的那些历史的鸡零狗碎。

363 一种深刻而伟大的怀疑，必须在信仰中找到出口。

而那些仅仅止于怀疑的怀疑，不过是一些根深蒂固的浅薄带给我们的，一种如此古老而常新的敌意。

364 最远的地方必在你身体的至深处。

第三辑　2013—2014

365 在春天，那慢慢鼓胀开来的山丘，多么像一个个漫溢的池塘。

它们在同一根疯狂的鞭子的抽打下，幻化为你我耳闻目睹的尘世。

366 “不知之知”与“无用之用”作为同一事物的两个侧面，作为哲学与诗歌至深处那共同的秘密与使命。

367 哲学与艺术都并非源于对知识的反动，而是对任何知识的不满足。

368 所有能被堆砌的注定是微小的，哪怕是珠穆朗玛峰，哪怕整个宇宙。

369 “不知”是那从知识的废墟上一跃而下的，一个并不存在的瞬间。

370 只有知悉自身，以及万物之局限性的人，才不会被任何知识将他限制在此时此地的幻象所蛊惑。

371 一颗本来的心，以及从这本来之心生发出的一种单纯的力量，将帮助我们洞穿历史，以及未来绵延而成的厚厚岩层。

372　单纯不是简单，而是世事洞察之后的清澈，是在阅人无数之后的烛照于心。

373　诗必须是一种同情，一种感同身受的体验。诗还必须成为一种启示，一种同时向未知与往昔之深处的敞开与发明。

374　诗是一次自我完善的契机，是又一次的成全。

375　自我是所有认知的一个坚固的起点，是有与无、真理与凡尘、你与万物的一个必需而可靠的联接。

或者说，那个将整个世界与自我等同起来的人，是一个智慧初开的人。而他必须通过一次对自我的弃绝来获取智慧再一次的开启。但这样的智慧依然是微不足道的，如果他最终没能在自我之重大与自我在整个宇宙中几近于无的微小之间重获一个比这个尘世任何坚固之物更为可靠之连接。

376　常人往往恃不可恃之物，而圣人因对不可恃之物的弃绝，而终于无所不恃。

377　唯有不恃才能使诗人重获那最初的自由，才能使诗人不再为外物所役。

378　要像珍惜你的脸一样珍惜你写下的每一个字。

要像珍惜你的脸一样珍惜你的一言一行。

要像珍惜你的脸一样珍惜与你相遇，或永不相遇的每一个人。

379 如果不了解恶，那么，我们就永远无法真正理解善。

380 真正的浪漫无关风月，而是不再拘泥于尘俗。

381 相对于各方面都达到均衡的一种“好”的写作，我更欣赏一种偏执的，并能在他所执着的一侧成功触及了幽暗之境的跋涉或探索。

382 这样的成功又终将再一次帮助他放下曾经的执着，直到那曾经属于佛陀或是穆罕默德的道路再一次显现。

383 读一首好诗，就像在一个密闭而被黑暗充满的屋子里，一块砖石松动或脱落，而光芒从罅隙间涌入的一瞬。

384 终究是一群人的，终究是一个人的孤独成就了这个时代，终究是我们每一个人生命深处的羞愧成就了这伟大的尘世。

385 多少人羡慕李白、杜甫的名声，而不知道这些所谓的名声不过是他们的生命体验与因各自修行而得以与道与真理秘密契合，并终于在时间深处得以挽留的见证。

而这样的挽留依然是短暂的，相对于真理与道的万古常新。

386 对“自我”的不同理解构建出了东西方两大文明的重大分野。

西方文明是建立在对个体或“自我”的极度强调之上的。

但任何的个体或自我又都是短暂而终归虚幻的。

这也是西方文学艺术更倾心于一种痛苦而绝望经验的原因。

或者说，西方文明在今天的危机并非始于今日，它的痛苦与绝望早已成为它那绵长传统的一部分，甚至作为一种密码与胎记。

387 释道在中国历史中的高度融合是筑基于两者在至深处的极度呼应之上。这就是对“自我”弃绝，并通过这样的弃绝而得以触及为尘世所禁绝的幽暗与寂静。

388 或许，这幽暗的光芒过于强烈了。它几乎不可能在这个光怪陆离的尘世中被完好地显现与留存。

389 一种致命的诱惑仍在世世代代地考验着东方文明，那就是试图越过个体或自我，直接触及“无我”之境，而构筑出一种新的，更大的虚幻。

390 局限性作为所有生命的标识，或者说，正是一种致命的局限性最终促成了生命在这一刻的发生。

391 叙事在西方文明中的强盛，以及在东方文明中更大程度地被搁置，有着更为深远而隐秘的渊源。就像《圣经》作为一个民族的叙事，它试图完成的是对这个坚固而庸常之尘世的超越。而《金刚经》与《道德经》，显然是一种冥想与静思的产物，它们分别因一种如此浓烈的思，而终于分泌出诗的芬芳。

392 西方文明是以限制为出发点的。这限制隐含在上帝的诫命中，并已消融为西方文明的标识与胎记。所以西方文明在对自身命运的逼视中，通过一代代人持续的努力，最终发明出了自由在这尘世的意义。

相反，东方文明恰恰是建构在对绝对自由的隐秘体验之上的。他们因对尘世的自由之局限的洞悉，并在世代相续的辨认中呈现了对限制的深刻理解，以及一种如此古老的误读。

393 你永远无法写出一首昨日之诗。你同样不能写出一行明日的文字。

你必须在今日，在此刻，你必须每时每刻，你必须永远地成为那最真实声音的最忠实的倾听、辨认与记录者。

394 如果说哲学更多地呈现为一种知，那么，信仰将更多地呈现为因一种深入的知而获得的如此自然的行。

395 一个诗人、一个艺术家、一个哲学家，甚至一个圣人的所有努力都是渺小的，他永远无法与一个时代，与尘世那无可挽回的坠落力量相抗衡。他永远都不能拯救这个注定消散的世界，包括耶稣、穆罕默德，包括释迦牟尼。

否则，他将成为另一个狂妄的人。

396 但诗人、艺术家、哲学家，以及圣人的努力依然如此可贵，如此意义重大。

如果他们终于在一种世代相续的徒劳中，最终领悟了他们在这一刻的知，从来不作为一个起点，也永远不是一个终点。

如果他们理解了，正是一种必然的消散，最终孕育了那古老而崭新的一次凝聚。

397 诗人可能是一个圣人，也可能是一介凡夫。他可能是神，也可能是魔鬼。但诗人一定是最最忠实于他生命体验的那个人。

398 只有忠实于他的生命体验，一介凡夫才可能通过一种持续修炼与辨认而成为一个圣人。

只有忠实于他的生命体验，恶魔才可能获得“放下屠刀，立地成佛”的顿悟一瞬。

399 死始于无知，生同样始于无知。

或者说，是亘古而常新的无知促成这又一次最新的死，并成为死亡那最肥沃的土壤。

而一个彻悟者，一个圆满涅槃的人，意味着，他永远不再死去。同样，他也永远地无所谓生。

400 所有的成败、得失都在孕育一个新的契机。

如果一颗不再敏锐的心灵，必须通过这些生命中的奇崛构筑出的皱褶来与万物那共通的沮丧相认，那么，这样的一瞥将胜过全部的人世。而那通往这样一瞥中所有的得已不再是得，失也不再是失。

401 诗歌是我们成功穿越一己之成败，而与所有生命深处那共通的沮丧的相认。

而正是这沮丧，最终赋予了所有微不足道的生命以光荣及永恒。

402 太多的自然不过是以自然为名的人为。譬如我们在春天以保护植物为名喷洒农药，不过是以我们自己的得失来为比我们更为弱小的生命判决生死。

403 或许，生死从来就不比一颗谷粒更为重大。

404 对语言的极度关注，是现代主义诗歌与艺术的一个显著的特征。但另一方面，它可能又是“现代性”永远无法摆脱的梦魇与困境。

405 “现代性”并不意味着一种进步或者落后，一种祝福或惩罚，而是我们这个时代的命运。同时，如果我们终于成功地透过我们置身的时代，我们将发现，“现代性”，或者说从波德莱尔以来，此刻依然在流经我们的，可能只是一个过渡的，也是大破大立的时代。它如此之巨大，只有两千多年前那个人类的立法时代可比拟。

406 语言完善自身的过程之艰难与缓慢，更深的原因可能是现代汉语在今天依然处于一种无根的状态。在打破一种几千年的认识世界的方式与通道之后，我们的诗人们并没有从这片共同的废墟上为我们开掘与揭示出真理、道得以显现自身的缝隙。而这样的开掘与揭示是重要的。这是一个绝望的时代中希望得以生长的种子，是一种新的信仰得以孕育与确立的契机，是传统在现代汉语中重新被激活的可能。

或许，这也是我们这几代人的机遇。

407 平衡是我们置身的宇宙成为宇宙，是我们之所以成为我们的一种根本性秘密。真正的平衡是我们孜孜以求，但又永远无法抵达的理想状态。或者说，不平衡是这个世界的恒态，但又无时无刻不在接受一个永不显现自身的平衡点的吸引。

408 真理是绝对的，真理是唯一的，在幽暗与寂静之至深处。

同时，真理或神又只能相对地被我们所企及，所感知，所看见，所描述，在这尘世。

这也是那些一神论宗教的一个共通而致命缺陷：它们分别因对真理、对神被尘世中的我们所企及，所感知，所看见，所描述的一种如此地艰难有意或无意的忽视，而获得了各自的褊狭与狂妄。

或许，正是对这样的一种艰难的深切体悟，最终帮助了佛陀与老子。

他们源源不断地汲取，并成功获得了谦卑之力，并成功构建出了道与真理重归于万物的，那无穷无尽的秘径。

409 放下一定对应于一颗强大的心，而不是相反。

410 我想说出真理的温度，我想说出道的温度。

更多的人说，这冰冷的！

而只有那心中为道、为真理所充盈的人，感激并说出了温暖。

411 神，或者说佛陀，同样以自身的好恶来审视这个尘世中的芸芸众生。但他们最终又因各自的修行与顿悟，而得以在涅槃的一刻成功放下他们自身。

412　当你成为最好的自己时，你就不再有任何的对手。

或者说，你已然放下胜负的分别。

413　我热爱汉语，就像我越来越热爱我的故乡。

但我对故乡的热爱，并非仅仅因为新安江畔这个偏远山村的青山绿水，而是在对这小山村持续的回望与注视中，我得以重获的，一个完整而最初的宇宙。

414　或者说，我的故土，不在这里，不在这个烟尘蔽日的江南繁华都市，以及周边河水污浊，以农药与化肥保佑了一个又一个丰年的乡村。

我的故土在另一个国度的青山绿水中，我的故土在另一个民族对我们血脉深处的伟大文明的持续热爱与坚守中。

415　任何一种排他性都将成为它自身狭隘的标识，也是事物终结的开始。

或者说，排他性是尘世中万物之局限性的标识，又是我们完善自身的一个契机。

416　我们必须发明出“非排他性”。

或者说，我们必须在持续的敞开中，才能辨认与找到我们完善自身的，那条唯一而必然的道路。

417 真正的独立一定是从心的，是对身体深处最真实的声音最坚定的追随中那最自然的一言一行。

而为显示所谓的独立性所起的分别，恰恰是另一种依附。

418 只有当我们真正理解了悖论，理解了道是唯一的，又在万物之中，理解全部的有必须容纳于空无。或者说，只有当我们理解了宇宙的边界，正在我们心中，在我们身体的至深处，我们才有可能再一次见证奇迹。

419 西方已然成为我们一个确凿的源头，是我们新的福分，也是我们得以完善自身的一个新的契机。

但如果我们对西方的学习与借鉴，最终无法孕育与积攒出突破东西方共同的局限性，进而抵达那将东西方熔铸在一起的共通之处的契机，那么，这所谓的福分与契机将成为落在我们头上的巨石。

420 在全球化的今天，或许西方文明已成为这个时代的代名词。现代性就是近几百年来，西方文明急剧地扩张，以及它必须面对的巨大困境。西方文明不仅仅在西方，它已然成为我们曾经所谓的东方的，一个新的立锥之地。同时，我们又必须再一次积攒出新的超越之力，积攒出重回那将东西方文明熔铸在一起的共通之处的力。

421　我对这个世界知之甚少，无论是命运赠予我，并在其中历经了数十亿年的东方，还是在近三十年中，我孜孜以求，试着理解的西方。

422　孔子对老子的创造性继承，就像佛陀从一个菩提树下的悟道者最终完成了向普度众生者的转变，是从上求到下化，是尘世那巨大的奇迹从万物之深处再一次被发明。

423　如果说过去的十年、二十年是我上求的阶段，那么，我希望正迎面而来的十年、二十年将成为下化的生命时光，是将在过去的十年、二十年间对道与真理的感悟，通过阳光雨露重新回到万物之中，重新成为花鸟虫鱼，成为树叶在枝头的伫立与凋零标识出的一个又一个崭新的四季，成为这古老而常新的尘世。

424　或许，是太洁净了；或许，洁净依然洁净得不够，你还没有获得大地那辽阔而深厚的杂芜。

425　你被抛入这一性，而非另一性，是你全部命运的一部分，而无所谓幸与不幸。就像你恰巧出生在中国南方一个落后，却又如此广阔而自由的乡村，在新安江畔，被一种古老的流淌所滋养。你恰巧与黄宾虹、朱熹分享了一个共同的故乡，但你们并不曾拥有一个共同的时代。你并不以此为憾，当你凝望着，当你们在同一片水面上看清了对方的脸庞。

426　我们眼中的一只蚂蚁、一粒微尘有多伟大，我们才可能不至于有多渺小。

427　灵魂依然是有限的，它作为尘世中的肉身对无限之处的一种持续的辨认。

428　所谓的香或臭是相对的，如果我们与一群苍蝇有着相同的位置；所谓的美与丑是相对的，如果你拥有一颗母亲的心，而纳万物为你的孩子；所谓的善与恶是相对的，在密林之深处，如果你终于理解了一头饿狼长啸中的孤独；所谓的伟大与渺小，崇高与卑微都是相对的，如果你拥有了星群的俯视，如果你辨认出地球是必须借助望远镜才得以捕捉的一块几近于无的陨石，如果你终于理解了千年是你还没有来得及眨眼的一瞬。

429　只有真正理解了复杂，理解了那剑拔弩张之深处止水般的寂静，我们才可能懂得简洁如此的丰富。

430　不，不是语言，不是那些分行的文字间隐匿的花鸟虫鱼，不是一个季节，不是一个时代中或庞大或细微的事件在说话，而是你的记忆，是你生命之初那些最初的感动，是一个人成长中那全部的羞辱，是生命在被虚构到这个尘世之前那全部的光荣，通过你的语言，通过你此刻目睹的尘世在说话。

431 不要将心灵与万物、与现实对立起来，同时，心灵也不会高于或低于现实。它们也不是相等的关系，而是互即互入。它们共同熔铸成“一”，直至空无。

432 只有一个懂得微妙之美的北方人，也只有一个理解细节深处之宏阔的南方人，才有可能不被命运的绳索束缚在此时此地。

433 是精深，是那在细微中无限地抵达，道出了江南之特质。而多少江南诗人，迷失在细微，在繁复，在那无穷无尽之琐碎的堆砌中。

434 只有在寂静中，你才能在一颗草尖上的露珠，或是云层深处的一颗雨滴上，辨认出万古的悠长，以及那电闪雷鸣中的战栗。

435 在塔尔寺，艺术家与诗人不会是这嘈杂的一群，而是那些成功从心中取出了佛陀，并以唐卡、以泥塑、以木雕、以他们自己铅华落尽的面容，将之凝固，将之呈现为更多人的“看”与“见”的僧人。

436 一座山只有生长绵延出足够的雄伟与峭拔，一泓水只有生长出足够的幽深与旷远，它们才可能与世世代代的人们相遇。

437　珠穆朗玛峰的孤独，是因为它站在了喜马拉雅山的群峰之上，是因为它源源不断地从广袤的青藏高原中汲取了那最终将天与地连接在一起的力。

438　诗是我们超越自身，是我们从人性的沼泽中获得救赎的一把梯子。

439　如果爱仅仅发生在男女之间，如果爱仅仅发生在亲人之间，那么，爱就不称其为爱。爱必须超越于男女之间的不同所激发出的情感，爱必须成为你与一个素不相识者，直至与你的对手之间的紧密相连，爱必须超越于狼与羊，或是一头大象与一只蚂蚁之间的不同。

440　至善是一种让所有人，直至你的对手都能感受到的善意。

441　所有的艺术、道德与伦理的重塑，其深处都是世世代代的人们对真实共同的渴望。

譬如，作为封建伦理纲常的君臣关系，在数千年之间的立与废，它同样对应于世世代代人们在这共同渴望的驱使下，对真实理解的变迁。

442　秩序作为这尘世之局限与圆满的见证。

我们对君臣关系的颠覆，不应该成为我们对秩序的否定，而是一种秩序因为僵化而形成对真实的遮蔽后，一种更切近真实的秩序得以重建的契机。

443　或许，只有在这里，我们才能更好地理解自由与限制，东方与西方之间的辩驳与不同。

444　你必须既是绝对的，又是辩证的，你才能与你所置身的时代相称，你才能与那世世代代的徒劳相称。

445　诅咒与祝福都终究是苍白无力的，如果诗人说出的并非一种预言。

446　你一次次走向同一座山，你一次次走向同一片水，一定缘于你们相互间那致命的吸引，就像你一次次走向汉字的深处。

447　感谢那些曾带给你羞辱的人，感谢那些曾帮助你成功积攒出放下这些羞辱的力量的人。

448　一种伟大的悖论：当成功放下我之后，或者说，只有无我，才能使万事万物再一次成为我。

449 如果说，哲人是孜孜以求后终于获得智慧的人，那么，圣人就是成功放下智慧，而得以重获凡胎再一次被虚构之前的，那无知的人。

450 真正的自由是建立在对不同或对立的观点深入理解与同情之上的。否则，不过是因各自的褊狭与执着而生成的，那世世代代的隔绝。

451 大巧若拙，即意味着不断地通过对“巧”的放下来完成对“真”的成全。

452 如果感恩成为一种与施与一一对应的情感，那么，这如此美好的情感已然堕落成一种隐匿的交易。

453 向传统致敬，并非为回到过去。

而这样一种虔敬的情感，最终将帮助我们更好地理解与塑造未来。

454 我们永远无法回到过去了。

这是尘世的一种代价，是时间中万物那共同的局限性。

而诗歌构筑出的恰恰是一条重回未来的道路。

455 这未来深埋于未来，又深埋于此刻与往昔。

否则，那些从未抵达我们的时间在尚未抵达之处就已然旧去。

456 没有什么已然完成。

李白是未完成的，杜甫是未完成的，莎士比亚是未完成的，但丁是未完成的，荷马是未完成的，老庄是未完成的，孔孟是未完成的，佛陀是未完成，耶稣是未完成的，穆罕默德是未完成的，这坚固的、仿佛无尽的尘世是未完成的，就像道之永远无法抵达，就像一粒尘埃之永不可穷尽。

457 “你已然完成自己！”

如果不是一种溢美之词，那么，这无疑是一种诅咒，甚至不会有比这更甚的了。

它意味着你已然失去继续生长的可能，意味着你永远地失去了真理与道的消息。

458 珠穆朗玛峰不仅仅是地球向虚空中生长的标尺，它同样是一种限度，就像李、杜，就像颜真卿，就像公孙大娘，就像吴道子，就像杨惠之，就像李龟年，曾经共同说出的盛唐。

459 所有伟大的灵魂，都无一不是在对尘世、对时代、对自身之局限性的深刻体悟中，得以一次次重获的尘世之圆满与祝福。

460 生命是一颗如此柔弱的嫩芽对那坚硬而逼仄空间的弃

绝与挣脱，是一颗嫩芽从大地深处源源不断地汲取着幽暗与寂静，并从那越来越坚实的躯干中驱离出越来越多的臂膀，并通过那从无数的指尖喷涌而出的，如此炫目的色彩，而终于完成的，与一个又一个季节的重逢。

461 写出一首或一些好的诗歌相对是容易的，就像在盛夏，在一片丛林中，你目睹的那些在枝头繁茂的树叶。而你的艰难是你认定从枝头通过一个个因持续地生长而生成的伤口，通过树干，直至大地深处的根，而得以重返幽暗与寂静，作为那唯一而必然的道路，作为一个人，一个时代，或是那世世代代的祝福与命运。

462 当你努力去成全你的对手时，你已然不再有任何的对手。

463 “生年不满百，常怀千岁忧。”

哲人从中读出了对自己的勉励，或者说，正是对“千岁忧”的无法释怀，才使得如此短暂的“生年”最终穿越了时间那厚厚的岩层。

诗人则继续写下了“昼短苦夜长，何不秉烛游”。这仅仅是一种指向他者的讽刺吗？不，这更是指向自我的反讽。这是所有生命，是万物那共同的沮丧，也是诗人在与自身的局限性相认时的勇毅，以及因此而重获的俗世之烟尘。

或许，正是一种歧义最终成就了这些从两千年前一个佚名者口中发出的叹息。如果不是一个“常怀千岁忧”者，他就不可能发出这样的叹息；如果不是一个“常怀千岁忧”者，他的叹息就无法洞穿历史如此坚实的岩层。

这使我再一次想起了老庄、孔孟、屈原，以及他们之后的李白、杜甫、苏轼、曹雪芹们，如果这些最伟大的灵魂不是作为“常怀千岁忧”者，他们就不可能一次次抵达我们。

464　在过去这不满百年中，曾浮现过的人与事又何曾是可以胜数的呢？那是多少的世代已然过去！但要拨开历史的迷雾，或许，我们还得穿过那因李白、杜甫得以标识的盛唐。而陶渊明在他之后的两千年中的隐与现，又何曾不是历史如此虚幻的又一次佐证？

当我们穿越了老庄、孔孟标识的春秋，而最终得以成功抵达更深处的无名。

465　古汉语，或者说，任何一种语言的辉煌，都是世世代代的人们，以这种语言为通道对千古不易之处的辨认来完成的。这辨认成了一种双向的成全，它在成全一种语言的同时，最终成全了那通过辨认，重新赋予语言以新的辉煌的人，以及以这样的语言为标识的一个时代。从这个意义上，我们这一代诗人，或者说，迄今近百年中的一代代新诗诗人们还欠着现代汉语这样一次致命的辨认。

从另一层意义上，现代汉语并不始于 1917 年，并不始于这个所谓的伟大的白话文运动元年。波德莱尔所揭示的现代性，可能有现代汉语更为隐秘而确凿的基因。或者说，现代汉语更是西方文明这个父，进入了东方柔软的母体后，一个伟大的结晶。这无所谓幸与不幸，这是我们，是那之后世世代代的人们必须与之相认的命运。我们再也回不到那个单纯意义上的，处女的东方了。而我们的父是粗鲁，甚至是暴力的。它刚刚完成一次对这个世界，也是对自己，彻底的、粉碎性的破坏。而在今天，它正与那被它强暴后的东方，共同积攒着重回完整的力量。

是的，我们今天已不可能仅仅作为一个传统意义上的东方人在这里说话了。我们的立锥之地也不再是曾经的、所谓地理上的东方，而是西方文明摧枯拉朽般，全面而深入地占领这个小小的星球后，有待重新命名的一块崭新的土地。

在全球化急剧发展，地球变得越来越小的今天，或许，我们终将发明出一粒微尘那无东西南北的分别。或许，只有在这里，我们注视西方文明时，才能放下将我们割裂，甚至隔绝开来的分别心，而不再把西方文明作为一个他者。这样的确认是重要的。这意味着我们已获得了一个更为可靠而坚实的支点，这意味着西方已不再作为一座大山，一个所谓的庞然大物的阴影得以显现，而是我们脚下正勾勒出一个微微隆起的土丘的蜿蜒小径。这还意味着，我们所面对的不再仅仅是一种语言的困境，也是一个时代，甚至是世世代代的共同困境。这困境曾经属于过李白、杜甫，属于屈原，属于荷马与但丁，但他们又通过各自如此艰难的开凿，而为世世代代的人们奉献了历史的岩层上的一条缝隙。

而今天，这相同的困境再一次落在我们头上。今天，那曾吞噬下世世代代人们的历史的岩层正穿越着我们。我们是用一种新的喑哑来加深历史深处的黑洞，还是以杜甫、屈原、但丁当年相同的决绝，为自己，为一个时代，为此后，甚至之前的世代开凿出那被隔绝的蓝天，那幽暗与寂静的光芒涌入的一瞬？

这无疑是一次艰难的考验，它同样隐匿着巨大的祝福。

466　如果我们的奇装异服，甚至是搔首弄姿能让今天的读者有所迷惑的话，那么，五百年之后，我们终将以一颗赤裸的心与我们的读者、我们的故人相遇，我们在今天哪怕一丝的妥协，或那些最微小的猥琐都将被一览无余。而我们此刻的奇装异服或搔首弄姿，无一不成为那世世代代羞耻的见证。

467　有人问，五百年后的读者，你信吗？

而我相信他们，胜于我自己。

468　一个心中有林泉的人，终将在他的斗室中发现茂密而寂寂的丛林。

469　是歧义，是尘世中万物之局限在成就一首诗歌的丰富性。

470　诗即意味着你独自发明出一种羞耻。

而这样的羞耻又必须与一个时代相称，直至属于每一个人，属于世世代代，属于这尘世万物的共同羞耻显现。

471　一个没有羞耻感的人，或者是神，或是一个无知者、一个无耻之徒。

472　道德沦丧对应于知的缺陷。

或者说，只有彻悟，才能成全至善与最广阔的慈悲，才能成为一种完美的典范。

473　神是那个通过对世世代代羞耻的辨认与认领，而得以在时间之河的堤岸上俯视着自己在水面载浮载沉的人。

474　一个大诗人是琐碎的吗？

或许，一个大诗人是既细微又宏大的，就像面对一座大山，望山的人根据自身的命运与气质，得以与其中的一个侧面相遇。

475　这是一个失序的时代。这也是杨键诗歌中对秩序的渴望引起广泛共鸣的原因。

但是，我们永远回不到一种旧有的秩序中去了。我们必须在与此时此刻的相认中，加入到一个时代的生长，以及一种崭新秩序的重建中。而这种秩序的重建，同样相伴于我们对内心、对一个时代，以及那世世代代困境的化解。

476 一首伟大的诗歌，一个伟大的诗人都必须积攒出与这惨淡的人世（这同样是世世代代的人世）相认的勇气。

477 对一只蜉蝣而言，十二小时已足够它旧去。而对以千年为尺度的一种语言的重建过程，百年依然葆有着它的新。

478 诗在我们放下诗之处开始。

479 现代性，或者可以说是一种在“上帝之死”后，不得不向语言内部塌陷的现实，一种几乎必然的形式主义。

480 如果说要指出在汉语的现代性方面做出最卓越与深入探索的一个人，那么，我想说是诗人多多。但同时，我对现代性越来越强烈的质疑恰恰成为我对多多的质疑。如果说，现代性是以百年，甚至是千年为尺度，并堆砌出这尘世之虚无的话，那么，我希望我们在今天的劳作，最终帮助我们重新发明出一种“无”的尺度。

481 现代性就是荷尔德林所谓“诗意的栖居”，从一种自在、自然的状态拉回到有待发明的那些漫长的时辰，是我们脚下的大地急剧缩小成一块陨石般的星球后，我们通过一粒微尘以重获这尘世的空无之前，必须经受住的考验与煎熬。

482 我们必须坚定地站在自身的立场上，同时，又是对方，直至所有人的立场。

我们必须发明出人之成为人的一个最初的原点，然后，听——

静默开始说话。

483 每一个人都是摸象的盲人。

484 无我不是对自我的拒斥，而是放下，是在放下中，自我得以重获一个更为坚实而稳固原点的一瞬。

485 一个如此骄傲的人，以致于他生命的每一个瞬间都充满着羞耻。

486 相对于圣人、至人与神人，诗人与艺术家是因这样或那样的局限，而获得更多烟尘的一群。

487 真实是可怕的，在一个真实被遮蔽的时代，甚至在任何一个时代。

但诗人，你又必须用尽所有的力量，以说出真实的无言。你必须积攒出心灵的闪电，以再一次照亮乌云深处那浓密的幽暗。你必须成为一个如此孤绝的存在，以再一次凸显一个时代，以及尘世那世世代代而如此坚固的虚幻。

488 人类文明史就是人类对自身局限性不断深入体认的历

史，是在对这样一种局限性饱含羞耻的持续辨认中，一次次积攒出超越之力的漫漫征程。

489 任何一种超越都不会是线性与单向度的，就像我们头顶的星辰，如果它的光芒是单向度的，它就无法抵达我们。

490 没有一种痛苦的坚持是可以持久的。如果我们终于理解了耶稣的牺牲并非痛苦的，而佛陀在菩提树下的孤寂有着人世全部的欢愉。

491 而沮丧呢？难道沮丧不同样是持久的吗？

或许，沮丧与这短暂的尘世有着相仿佛的漫长。

492 “技进乎道”，说出的是技艺的磨炼必须能够堆砌出“道”得以显现的伟大一瞬。

493 不要试图借得任何人的眼睛。你必须在一种持续的注视中，发明出你一个人的看。

494 那么佛陀的看呢？哦，如果不是一种持续的注视，我们将永远无法理解佛陀曾经而永不消逝的无言。

495 对万物共同局限性的体认终将激发出我们对他者，也是对我们自身的同情，以及那向万物同时敞开的悲悯。

496　如果说精神是生命试图不断超越于这有限存在的一种持续的努力，那么，这努力的终点是神，是天堂，是全部的道与真理，是万物永远不可抵达的原点。

而更多的人因对这有限性的沉溺，因坠落的加速度而穿凿出了一条相反的道路。

那里有着物质在获得无穷无尽的重量之后的全部黑暗，那甚至比岩层更浓密的窒息。

497　这庸常的尘世注定是神与魔、天堂与地狱、精神与物质在一瞬间的相遇，以及在这样的瞬间中，那无穷无尽的发生。

498　我们心中的善意，是与我们手中的硬币落入乞丐的碗钵时发出的声响成反比的。

499　一颗敏锐而勇敢的心，一定有足够的力量说出质疑，而无论任何时代。这种质疑指向的是尘世中万物共同的局限性，并以一个又一个不同的幻象绵延成一个又一个时代。而在今天，这幻象由高度的商品化所标识。或者说，商品化对人性的侵蚀不过是同一个怪物在我们这个时代获得的一次最新的命名。

500　每一个时代都是新的。"古"在世世代代人们心灵之深处。或者说，"古"如此完整地保存在万物被虚构到尘世之前的，一个从来不曾存在的瞬间中。它如此古老，以致世世代代，以致嵇康、阮籍的魏晋，老庄、孔孟之春秋，以及三皇五帝之前的洪荒都如此之新！

501　诗人是立志为庸常的尘世贡献一个神奇之瞬间的人。

而这样的瞬间又足以容纳下尘世那全部的琐碎与漫长。

502　从这坚固的尘世中辨认出虚幻仅仅作为一个诗人的起点，直至他发明出全部的爱，那全部的悲悯！

503　每一颗心都隐匿着一个人全部的命运，隐匿着他（她）全部的未来与往昔。

504　那仅仅属于一个人的耻辱将你死死地钉在耻辱柱上，成为你的目光抽打在石柱上的，一道最新的印痕，直到你发明出一个时代的，直到你发明出世世代代的，直到你发明出每一个人，以及这尘世中万物那共同的羞耻。

505　我希望通过数十年的努力，最终获得这样的一种情感：它既激越，又淡泊；它依然如此热烈，却又已然繁华落尽。

506　不要为任何的反对而存在，无论你面对的是一个庞然大物，还是比眼眶中的一滴水更为柔弱的所在。

是的，你必须成为你自己。

507 “古”必须成为一种在过去与未来同时发生的存在。它在每一个人心中，在世世代代，在万物之深处，它万古而常新。

508 如果甘于平庸，或许，你早已成为他们所谓的成功者了。

但诗歌作为你决不向庸常生活妥协的见证。

或者说，正是因如此骄傲，你成了一名诗人。

509 真正的珍视，一定是随缘的，是对任何的人与事、对任何的一种机缘的极度珍视，又顺其自然。

510 在一颗向道的心中，所谓顺与逆都不过是生命之旅那些最新的印痕，不过是诗人悟道求真，以重回最初之温暖的一个又一个契机。

511 如果理解了佛陀的强大与柔弱，就不再有所谓的背叛与伤害。那射向你的箭将永远无法抵达，而箭矢在与你相触的瞬间，无一例外地化为柔软的唇。

512 那些被大声吆喝着的，它还没企及，还没获得大美得以被说出的无言。

513 你要把诗写在水面上，写在沙砾间，写在云彩上，写在浩瀚的夜空，写在一颗与宇宙一样苍茫而寂寞的心中。

514　所谓“各领风骚数百年”说出的，并非时间的残忍，而是我们要发明出一种古人，同时作为那千年之后人们的“看”，是何等的艰难！

515　或许，我终将说出另一座孤山。一座可以与林和靖曾经道出的丛林并存的，那烟雨深处的苍茫。

516　只有发明出万物开始之前的一个从不存在的瞬间，我们才能理解不朽。

517　任何一种言说方式都有终结的一天，不论是持续了千年的古体诗，还是依然被我们冠以“新”的现代诗。一只注定由未来的人们手中握着的、盛满诗之酒的杯子，它在没有被目睹的一刻已然碎裂。或者说，易碎的是杯子，是生命，而我们被虚构到这尘世之前的，那瞬间中的喜悦永恒。

518　正是不朽与永恒召唤着世世代代的人们去一次次发明出他们手中紧握的杯子，它们如此之新，又如此之古老。

519　一颗向道之心，意味着一种放下无所不在的执着的宏愿与勇气。

520 诗人是兼具柔肠与傲骨的一个人。

521 所谓愚与智，不过是执着于事物表象与透过现象直抵本质之间的区分。

522 简洁必须如此饱满，并由事物至深处的悖论支撑起那永不消散的张力。

523 诗的无用，终究是道的无用，是真理的无用，是善的无用，是美的无用，是爱的无用，是公平与正义的无用，是这短暂而仿佛无尽之尘世的无用。

524 正依然正得不够！

如果一种极度的“正”并没有揭示出这尘世的奇崛。

525 英雄可能是激越的，也可能是淡泊的，但绝不苟且。

536 执着即幻象。

527 对成为一个时代、一个种族之标识的渴望与激情，依然在构筑一种新的执着与幻象。你必须再一次发明出那使孔子成为孔子、穆罕默德成为穆罕默德、佛陀成为佛陀、老庄成为老庄的，那更深处的无名。

528　任何一种善或恶都不会始于当下，也不会为单一的事物所独有，它一定有着更为隐秘而久远的孕育，它一定有着更为隐秘而辽阔的相连。

529　死亡完成的是又一次的转化，是一次新的易容术，是改头换面之后，重新聚拢来的陌生人，是那世世代代的人世与悲欣。

530　需要一次更深入的思，才能放下这些曾经的羞辱。

531　如果一种困境是你在生活中无法化解的，那么，你就不可能在语言中真正化解它。

反之亦然。

532　你的选择，或者说一个诗人的选择是：像英雄一样死去，或者，像英雄一样继续活着。

533　诗源于你试图超越这庸常生活的渴望，而它又必须完成于与生活合而为一的一个并不存在的瞬间。

或者说，诗必须完成于一次从知到行、从悟道求真到普度众生的蜕变。

534　我们对自然的控制力，是与魔鬼对我们的控制对等的。

这是一种诅咒，也是祝福。

这是一种命运，也是代价。

535　我是一粒微尘，是天地间的一个碎片，但又分明与天地、与整个宇宙等量齐观。

536　二十年前，这座城市曾是一个景观的聚集地。而在今天，它是我的故乡，是二十年来朝夕相处中，那全部的生活，那平淡与神奇编织出的山水与人世。

537　我希望我的写作最终能企及一种自然——那些既极其平凡又极其神奇的事物。

538　在更深处，羞辱并非根植于历史的废墟与种族的激情，而是尘世万物那共同的局限。

539　无论寂静抑或雄浑，无论厚重抑或空灵，它们都是真实在这一刻，在你耳闻目睹的事物中的回声。

540　苦难与羞耻都非我们所求，又注定与我们伴随始终，并作为我们从中获得一个又一个更完善瞬间的契机。

541　理胜于情则枯，情胜于理则腻。

542　一首杰出的诗歌，意味着情与理相成，而非相胜。

543　人世之短暂，仿若蜉蝣一日之漫长。

544　一个伟大的时刻，往往在悄无声息中降临，仿佛又一个平凡如初的昨日。

545　我曾经希望成为一个聪明人、一个智者，而现在，我只想成为一个返璞归真的人。

546　爱一个人的一个或全部的理由：我喜欢她身上我喜欢的部分。

547　诗是人的境界，或“品”的刻度。

或者说，诗不直接呈现为我们对事物的认知，但又分明是由这些认知得以显现的一个人、一个时代、一个民族的音容。

548　任何一种技艺都是极其有限的，无论是诗，还是书法与绘画。如果不是作为一种如此切身的生命体验，那么，这些唐人、晋人的文字与线条，就不会再一次唤醒千年之后的我们。

549　我已不再羡慕年轻人的青春与美貌，也不再羡慕年长者的睿智。我知道，这些都是我穷尽一生的力量，以最终放下的浮华。

550　所谓的诗名终究让我羞愧，如果并非作为一种不断趋近圆满的生命轨迹带给更多的人以启示。

551　所谓的创新是我们在追随自己内心的过程中，自然、风俗、时代，以及我们所经受的一切在语言中的呈现。

"新"作为尘世万物之局限的见证，不过是另一种旧，直到共同的"古"显现。

552　只有抵达无名，我们才得以理解不朽。

553　我希望我能用语言锻造出这样的容器：它同时盛放下黄金的光芒，以及这尘世全部的粗粝。

554　只有当语言成为心灵的刻度，诗才有可能在这庸常的尘世发生。

555　强调意味着偏斜，意味着一次崭新的坍塌与崩溃的开始。对自我极度强调的反拨与拯救，不是放弃自我，而是以对他者的强调作为又一个新的起点，直到我成为那无数的他者，直到他者即我，直到一个如此饱满而浑圆的宇宙重现。

556　东方文明总体上是向内，或雌性的。数千年来，它自成一体，并在与外部世界的疏离与隔绝中，渐渐萎缩与羸弱。

西方文明总体是向外，或雄性的。它正因近几百年的急剧扩张而不可持续。

或许，是到了东西方文明一次更新、更剧烈的交融，并从对方深处获得启示，并共同发明出一条更新的拯救之路的时候了。

557 除了道与真理，在这个世界，没有什么是我急于了解的。

558 现代性的极度扩张，与进化论导致的普遍乐观有关，更与上帝之死带来的绝望有关。

559 未来不会天然地优于现在，就像现在并不天然地优于过去一样。

而一代代人对千古不易处的辨认最终标识出一个个时代的高度，并勾勒出群山的奔腾。

560 这坚固的尘世由一个不存在的点所凝固。

或许，这样的悖论才是尘世一条根本性秘密，并作为道与真理，作为那永远的神从我们每一个人心中浮出，而与我们相认的标识。

561 时间即意味着被那不存在的原点的驱离。线性的时间，同样不意味着它之深处可以自然地切近那不存在的原点。或许，一代代的人都必须通过一次凝视，以发明出那从时间的河面再次一跃而出的伟大一瞬。

562 现代性恰恰是我们与神、与道、与真理的疏离与隔绝，而在我们这个时代的生活与艺术中的呈现。

563 一颗渐渐麻木的心需要一根鞭子、一把尖刀、一个有力的拳头。而在一颗依然如此敏锐的心中，一缕微风、一片叶子的浮动、一颗露珠的滑落，都伴随宇宙深处的轰鸣。

564 美是什么？

美是真理通过一棵树、一朵花、一颗露珠、一位少女如此光洁的脸庞，来与我们相遇。

565 地域与语言都是一个诗人必须超越的，而一个伟大的诗人又必须与这样的命运相认，他永远无法剔除地域与语言深处那胎记般的标识。

566 如果你真的理解你是你，又是万物，你就能理解轮回，理解这循环往复，理解这被一次次虚构与重新发明的人世。

567 所有能被见证的都不过是“微末”，无论是神，是真理，还是道。只有“本”不可见证，又无时无刻不在使我们最终成为我们。

568　没有“本”不成其为人间，没有“末”同样不成其为人间。

艺术或者说尘世无一不是在对“本”的敬畏中，因饱含对“末”的感激与悲悯而得以重新凝聚的一个又一个瞬间，以及由这样的瞬间连绵以致无穷的人世。

569　树的枝叶是一种“末”，那么，树根同样是被掩埋的“末”。

而“本”是什么？“本”是一棵树之所以成为一棵树，一棵树何以站在这里，并与我们相遇的，那些永远不被知悉的秘密。

570　任何一种普遍性都不会外在于我们。

它从来就在我们的至深处，并将我们与万物连接在一起。

571　变化是生命的一种根本形式，是我们与时间在每时每刻的相遇，是生命在时间中的印痕，是时间藉由我们得以显现的永无止境。

572　我希望我写下的每一个字都通往那支出神之笔。

573　不，不是语言，万物是因自身深含的思而得以成为万物。

574　不是气流的晃动，而是时间的红唇，最终赋予树叶从枝头一跃而下的力。

575 有两个不同的西部，一个出尘而空灵，一个依然裹挟着对尘世如此浓烈的情感与热爱。新疆与西藏的魅力，说到底就是伊斯兰教与佛教的魅力，是两种宗教对我们心灵共同的吸引，是两种对尘世如此极致的理解对两方水土与人心世世代代的塑造与发明。

576 一朵开得最盛的花，最先被暴雨所击中。

577 是分别心创造了这尘世与万物，是放下分别心的初心与宏愿使得我们置身的宇宙得以再一次凝聚。

578 没有比死亡更强烈的雷霆，也没有比死亡更清澈的明镜了。

这死亡的至深处是道的静穆，是万物得以显现的空无。

579 只有绚烂至极后的平淡，才能迎来生命深处真正的圆满。

580 我是一个诗人吗？

我曾一次次问自己，直到我把这样的疑惑忘记，直到我把这曾经的惊惧、惶惑与茫然忘记。

581 诗是那个矫捷而轻盈的江洋大盗在雪夜大地上留下的痕迹。

诗是那些从来不曾存在的瞬间，因一只知了在盛夏或初秋的啼鸣，因一群蚂蚁终日的奔波而得以显现的悲伤与欢愉。

诗是一个人的徒劳，是一条河流的徒劳，是一列青山的徒劳，是一粒微尘与头顶星空的徒劳。

诗是一个人、一条河流、一列青山、一粒微尘，以及他们头顶的星空，在那共同的孤独、寂寞与绝望中为这伟大的尘世赋形。

582 不是你的无情，而是你听见，并服从于更深更远处的声音。

你听见了远方，你听见了万物深处不仅仅属于你一个人的静默，你听见了那条秘密的指令——你必须在一种绝望中，与泪流满面的自己相遇。

第四辑　2015

583　诗歌深处那黑洞般，坚不可摧的核，是一首诗成为一首诗，也是我们置身的宇宙成为宇宙的秘密。

584　你必须成为那又聋又瞎又哑的那个人，你才可能听见，你才可能看见，你才可能说出那万物得以发明的"必然"。

585　是"必然"发明了神与尘世中的万物。是我们从必然的王国中获得惊鸿一瞥的信心与宏愿使尘世得以再一次凝聚。

586　东方文明最天然的代表，并非一种更多呈现为术的儒，而是对这个世界有着更多精微发明的道与释。

释源于印度，这古中原意义上的西方。但释的中原化，或者说中国化，同样是一种发明，甚至不亚于它曾经的无中生有。

道与释在源头处是高度呼应的，而释的中原化之路显然更多地从儒中获得启示，并获得了一条与众生更为紧密的连接，并终于发明出了一条普度众生的道路。

587　如果说道作为中华文明的源头，或者说那泉眼的话，那么，是儒最终使得一种伟大文明绵延成一条河流。而释作为一个曾经的他者，它已然成为一种更为绵长的奔腾深处的基因与密码。基督或者说穆罕默德会作为最新的他者吗？或许，这是一次更为艰难的融合，但又必然成为那唯一的道路。

588　单纯的美是柔弱的。

对一种单纯美的渴慕也是现当代文学艺术的症结所在。或许，我们必须在又一次凝神与辨认中，积攒出那向美、向善、向真，也是向政治与经济、历史与风俗，以及如此坚固之尘世同时敞开的勇气。

589　阿迦同说，只有一件事是上帝做不到的——让一旦存在的成为不存在。这是因为上帝依然作为一种时间中的发明，他同样不得不去忍受这线性时间的束缚。而只有这将上帝一次次发明到人世的“必然”，这又聋又哑、无知无识又无形无味的乌有者，它再一次为上帝注入拯救的力量，并为它赢得了那道永恒魔咒的隐秘出口。

590　神是“必然”向我们展示的种种方便。

神的慈悲与威严都是它源源不断地从“必然”中同时汲取的创造与毁灭的力量。

591　绝对的自由只在必然的王国中。

592　“羊大为美”道出的秘密在于，真正的美不会孤立与隔绝于生活。

593　当代汉语诗人的使命，恰恰是通过对西方文明一种方法上的借鉴，再一次发明或激活我们血脉深处，也是东西方共通的，一种如此伟大的传统。

这是孔孟的传统、老庄的传统，也是释迦牟尼与慧能的传统，是我们在悟道求真的过程中，再一次感受并尝试说出的，那莫名的战栗与惊悚。

594 诗歌或艺术的魅力不在于大体上的对与错、是与否、正与奇，而是在幽微与苍茫中的抵达，是对那永远不可抵达之处的无限接近中的感动与惊诧。

595 在一个集体中生活得越久，你就会越清晰地明白：你必须独自去理解与发明这个世界。虽然你同样知道，一个人要独自去发明与理解这个世界是何其艰难！

596 理性理应成为我们生活与生命的导师，但它又从一开始就为真理的世界所禁绝。

我们必须终其一生地追随理性，以最终积攒出弃绝的力量，并将之作为我们与真理相遇的凭信。

597 信仰始于对理性的追随，而又必须是以对理性的弃绝（即克服与超越）为出口的。

598 对理性、对人之局限性体认的勇毅正是信仰，也是诗得以发生的秘密。

599 对不可知的知的确信,恰恰是信仰的基础。

而那为我们所知的,它们在被我们的意识捕获的一瞬,落入了凡尘。

600 只有知悉所有的语言与知识都作为一种谬误、作为一种羞辱的见证的人,他用无言与寂静说出了感动与祝福。

601 生命不过是一次次地卸下这尘世中万物强加给我们的枷锁,以与这从未存在过的存在者相遇的一个又一个契机,是我们为重获万物之始那绝对的自由而愿意终其一生地成为一个战战兢兢的人的孤独与勇毅。

602 动心是简单的,一如树叶在微风中的浮动。

而爱从来如此艰难,它有着一粒种子成长为参天大树所经历的,那全部的风雨晦暝。

603 那无穷无尽的美景都抵不上一个沉浸的瞬间带给你的感动与教益。

604 在时间的深处不会有永恒。

瞬间中没有永恒,瞬间的无数等份中也没有。

直到我们再一次发明出了“空无”。

605 正是对“空无”的激情，最终给尘世中的我们以拯救。

606 个人永远是琐碎的，但又是通往普遍性或同一性的唯一而必然的道路。

607 死是一双永远不会闭合的眼睛，它在每一个生命的深处看着我们。

我们将因与它的对视（这是一种深重的考验）而一次次获得崭新的生命。

608 死是所有生命都无法抵达的深度，是所有宗教、艺术与科学的缘起，是我们的此时此地，也是我们的远方，是我们全部的未来与往昔。

609 我不屑于为任何一个时代代言，如果我不能说出每一个时代。

610 除了这必死，除了你越来越坚定地向它靠近，没有任何事物能给予你拯救的力量。

611 清醒还清醒得不够，或者说，是太清醒了——以致于你还无法看清那些幽暗中的事物，那些在空中或飞翔或踱步的幽灵，那些最终构筑出如此坚固之尘世的秘密。

612　诗是语言，诗更是道德、伦理、秩序，诗是千古心。这语言、道德、伦理与秩序又始终处于变化中。或者说，变化是我们重获一颗千古心的那唯一而不变的道路。

613　所有的经文都是未完成的，包括佛经、《圣经》与《古兰经》，它们的生长又必须依赖于世世代代的信者再一次的创造与发明。

614　如果没有《新约》，或许，《旧约》早已成为一个民族的历史与记忆。如果没有一代代基督徒最新的创造与发明，整部《圣经》就是一处新的奥林匹亚山上的传奇。

615　"没有先知在自己家乡是被人悦纳的。"(《路加福音》4：22—29)同样，没有一个伟大的歌者在他的时代广为人知。

616　如果我们在对一座山的持续攀登中，最终没有积攒出一个羽化成仙的瞬间(而这样的瞬间并非作为一个传奇故事的顶点，而是我们被我们身体深处，从我们获得肉身的一刻就被遮蔽的那最刺目的黑暗所照亮的时辰)，那么，死亡就是最后的摧毁者，它以将一整座山化为齑粉的方式，抹去了山巅与谷底之间的不同。

617　在找到一面镜子之前，我是不完整的。在找到一面水的镜子、一面山的镜子、一面人的镜子之前，我是不完整的。直到一面心的镜子、一面空或无的镜子从万物中浮现，直到我再一次看见了山、看见了水，看见了人，直到我看见了一个完整的尘世。

618 所谓永生就是曾借着我们得以显现的真理，在他人、在更远处、在世世代代中得以重现与发明。

619 如果我曾经是一个不断克己以得觐见真理的人，那么，在多年之后，我希望能够从心所欲不逾矩。

620 当我们把对真的倾慕与渴求，化为我们在生活中的一言一行，那么，一种真正意义的善已然诞生。

621 宇宙的无限源于我们的幻觉，而宇宙之小又是我们所永远无法穷尽的。

622 我如此恐惧死亡，是因为我依然如此平庸，我还远未抵达我希望，以及我本来可以抵达的圆满与荒芜。

623 当我越来越坚定地以佛陀作为生命的导师与楷模，我就越来越确信，《圣经》与《古兰经》都是佛陀在方便时的言说，就像《金刚经》与舍卫国祇树给孤独园，以及大比丘千二百人众之间的，那些曾经，此刻依然在持续的殊胜因缘。

624　所谓改革，不论是政治、经济、文化艺术，还是宗教的，都是我们试着以此时此地的语言来对千古不易处展开的一次新的发明与言说的努力，是又一次的“笔墨当随时代”。

625　“笔墨当随时代”是一代代诗人、艺术家的宿命，也是他的秘密使命，是他力图通过一种此时此地的语言来完成对千古不易之处的，只属于他一个人，同时，又作为世世代代人们的一种共同辨认。

626　如果一个人，一个事物，他（它）的宽广还不足以容纳这尘世之矛盾的两极，如果他的存在并非作为这尘世之悖论的一次最新的见证，那么，他（它）依然是与神奇无缘的。

627　神奇是我们在平常的事物中揭示与见证悖论的能力。那是大与小、强与弱、刚与柔、正与邪、美与丑、善与恶，真与伪，直至有与无在万物中一同显现。

628　对空无的发明，最终使东方得以成为东方，并生成了东方独特的气韵。

而西方一代代伟大的智者对有的辩驳，完美呈现了一个坚固尘世之肌理。

629 要成为圣徒，要成为这个荒谬的时代的见证者，要成为你自己(你曾为一个荒谬时代中最刺目的不同)，并勾勒出一个伟大时代之轮廓，那最新的起伏。

630 东西方曾经向我显现了它们之间，那悬崖与鸿沟标识出的不同，是因为我依然未曾获得允诺，而得以窥见东西方文明，也是我之作为一个人的，那共同的根。

631 我早已放下了新与异对我曾经的诱惑与吸引。或许，我此刻依然执着的是：我是否真的能成为那个最好，也是最初的自己？

632 如果我不能成为最好的自己，那么，我的祈求与愿望就是唯一的另一个人，他最终成为最好的自己，成为最好的我，并把一个时代从一群人的平庸中解救出来。

633 任何事物都不应该成为一种枷锁，包括道，包括我们以为所是的真理，包括在切近真理与道的路途中那些每每以喜悦或艰难示予我们的幻象。

634 只有能站在极少数一边的人，那唯一的，直至无人，才能说出极多，直至每一个人，直至万物那共同的空蒙显现。

635 诗歌在说出我们对那些更为圆满瞬间向往的同时，又不得不，又无时无刻不作为一种局限的见证。

636 诗人往往是那兼具神的视力与凡人之心的人。

637 一个高贵的灵魂恰恰最容易萌动他的凡人之心，而他的克己又散发出了最迷人的光晕。

638 诗无关竞技。而你必须袒露你的心。

639 所有伟大的言说，所有伟大的艺术，所有伟大的人与事，都源于我们与道在一个个瞬间中的秘密契合。

而这样的瞬间为我们标识出的，是那依然为浓雾遮蔽的，通往永恒的道路。

640 对自我的极度强调，一定能积攒出那将它最终放下的力。

641 每一个唱出的、说出的、写出的都只能是他自己。

当他既说出了自己，又是每一个人，那么，他已然说出了这广阔而无尽的人世。

642 或许，被说出的寂静已不再是寂静。

或许，群山的无言与江河的滔滔，都是那不为我们所见的诗人，试图以这尘世的坚固与浮华完成的，对万物深处之寂静的转译。

那无中生有，那知不可为而为之。

643 如果不能在现代汉语中重新构建出可与基督教在西方文明，或儒道释在古典汉语中并驾齐驱的信仰，无论是儒道释的，还是从《圣经》或《古兰经》中获得一种新的启示，那么，一种文明的伟大复兴就不过是一次新的镜花水月，一道新的幻影。

644 异质文明是一面镜子吗？还是一间密闭的房屋中，阳光涌入，而更远处的山峦得以徐徐展开的窗户？

不，异质恰恰是不断醒来的自己，是我们一次次成功挣脱昨日之束缚，而终于成为今天的我们。

645 没有成败与胜负，只有这必然的束缚与永远无法企及的自由。

646 又有什么胜利可言？或者说，这尘世的胜利必须堆垒出一个绝对自由的瞬间。否则，不过是又一次挫败，不过是那万古长新的沮丧最新的一次发明！

647 终极的自由意味着永生，而我们又必须与这必死的命运相认。

648 上帝之死显然不是宗教的末日，就像中世纪曾经的宗教狂热也不是理性的末日一样。而在理性与信仰之间发生的，与人类历史相伴始终的争辩中，理性刚刚获得了一次显然，却又注定暂时的胜利。

649 所有伟大的文明都是敞开的，希腊文明正是在向希伯来文明的敞开中获得辉煌，而中华文明同样是在向印度等西域文明的敞开中获得了它的绵长。

650 一个文明的辉煌甚至是与它的敞开度成正比的，而一个封闭的文明意味着它衰败的开始，并将萎缩成一块你伸向阳光中的，那从历史岩层上脱落下来的石块之上，谜一般的花纹。

651 真正意义上的敞开又是建构于一个完备而自足的体系之上的，否则，不过是一个亘古如新的荒原，那无边无际的绵延，而开始依然尚未被发明的一瞬。

652 五四运动与发端于20世纪70年代末的改革开放，都是一种古老文明向未知远方敞开的，一次艰难而惊心动魄的尝试。

653 任何一种单性别的人都预示着无可挽回的终结，无论他（她）曾经怎样的强大与优异。

654 所有的道路都可以通往真理，通往道，并作为一次不朽的见证。

无论你从烟雨江南，还是巍峨雄壮的喜马拉雅群山出发；无论你此刻立足于波澜壮阔的春秋、伟大的盛唐，还是这物质至上的当下。

655 任何一种语言与风格，任何的人与事都没有高低之分，而他们终将因各自的修行，因放下各自执着的区别，因与道的相遇与阻隔而获得贵贱的不同。

656 自由是最高贵的，也是最值得珍惜的，在这尘世。

而自由又是极容易被滥用的，就像道，就像真理，就像神，就像以上帝为名的撒旦。

657 雄辩是向外，面向大众的；寂静是向内，朝向自我的。

雄辩更侧重公共性，是广场上的声音；而寂静立志成为一个人的发明。

658 寂静与雄辩对应于阴与阳。

阴是雌性的，是万物共同的母亲，是创造者；而阳是雄性的，是我们的父，是尘世万物得以显现的契机。

659　我爱我身体中雄性的部分，我更爱我身体中雌性的部分。

我爱这雄辩的寂静。

660　道是雌性的，道又因它身体中本应被诅咒的骄傲，因他的雄性而得以显现他的面容。

661　笔墨当随时代，还是笔墨千古不易？

当随时代的是一种表达方式或语言技巧，千古不易的是笔墨深处的精神，是我们历经沧桑后成功保全的赤子之心。

从根本上而言，诗是我们直面内心，是我们在不断地化解心灵的困境，而在语言中留下的痕迹，是人作为有限的存在对无限之地的渴望，是我们对道、对真理、对空无那永远的激情。

在今天，这古老的困境再一次获得了一种崭新的形式与面貌：一种信息与知识的爆炸后，越来越纷繁复杂、眼花缭乱的世界。

但一个真正的诗人又一定是能洞穿这尘世之幻象的人。他在持续不断地化解内心困境的过程中，终于以一次次的成与败为这庸常的尘世贡献了一个个非凡甚至伟大的时辰。他一定是那个历经沧桑而又成功保全了一颗赤子之心的人，他也一定是那通过一己之力，最终完成了一次最新见证的人。

662 无论繁复与庞杂，还是简单的，它们都必须能抵达一种共同的澄澈，并作为我们与道、与真理得以相见的凭证。

663 我一定会生活在这个，而不是另一个时代。

我一定会生活在那个，而不是另一个时代。

我必须去见证任何一个时代的艰难。我必须独自去发明，并说出一个伟大的尘世。

664 任何一种挫败都不称其为挫败，任何一种羞辱都不称其为羞辱，如果它最终构筑出的是我们悟道求真过程中的又一个契机。

665 愤怒是一种虚弱的表现。

而上帝的烈怒是因为他依然葆有的，太多、太浓烈的人性。

666 万物或者说这古老而常新的尘世并非作为一种有与无的区别，而是阴与阳之间的平衡。

667 没有平衡就没有尘世，就没有时间得以显现的我们的肉身。

或者说，如果我们能找到一个绝对的平衡点（它是如此确凿，却又永远不会显现自身），那么，就意味着我们获得了永生。

668 无明即是罪，或者说，每一个人都是罪人。那悲伤的人有福了，那看见自己身上背负罪的人有福了，那洞穿了这尘世幻象的人有福了，那去蔽的人，那通过不断地放下自我、放下自我与他人之间的分别的人有福了，直到他与万物之间那共同的幽暗显现，直到那将他、将万物熔铸在一起的共同的心显现，直到道与真理得以显现的空无显现，直到婴儿，直到这最初的你，在你摊开，并托举起的掌心显现。

669 神来之笔往往无关精巧的比喻或修辞，而是一堆破碎的语言重归于完整，是一些村妇野夫的家长里短重获高贵磁性的一瞬。

670 人类社会从诞生的那一刻起，就伴随着政治与经济活动的发生。

在今天的我们看来作为一个单纯社会象征之一的物物交换，同样是一种市场或经济的活动。

所以，一种纯诗，一种在艺术创作中完全驱离政治或经济因素的努力，最终可能会伤及艺术本身，也注定是徒劳的。

或许，我们在今天看到的，来自政治或经济的弊端，其根子并不在政治或经济本身，而是人心，是我们心中的贪欲从一开始就获得了弱肉强食的外衣。

而诗作为人类本能的另一极，它又必须成为我们对这种本能的贪欲，这比我们自身更久远的秘密法则的克服。

或者说，诗是对这尘世公平与正义的，一次最初，却历久弥新的召唤。

671　神是放下了分别心，放下了正邪、善恶、悲喜、生死、有无之不同的人。

而神的了了分明，是因为他被赋予了如此丰富的人性。

672　艺术在作为一种激发力，并去唤醒普遍沉睡的心灵的同时，它需要时时警惕的是，不要成为一种怪力乱神的同谋。

673　这广阔的人世无处不是你修行与冥思的斗室。

674　多好，如果可以人与诗俱老；多好，如果可以人与画俱老；多好，如果杜甫的道路可以成为你的道路；多好，如果你终于品尝到了，暮年黄宾虹的孤独。

675　将道的幽暗与寂静从万物或尘世的喧哗中拯救出来，是诗人或艺术家的内在律令，是我们必须穷尽所有的徒劳以与之相认的祝福与命运。

676　永恒是我们试图以一把有限的尺子去丈量无限时的孤独，是这古老而常新的死赠予我们的神奇，是被万有的浮华遮蔽又一次次由空无聚拢来的人世。

677 东方文明的整体性视角，对“中和”深处秘密的领悟，以及相应的对自我的克制，终将带给这个以西方文明为总体特征而危机重重的世界以新的启示。

678 独立并不是一种对自我的极度强调，而是我们在他者中发现自我的能力，也是我们在自我中对他者那永恒的发明。

679 江南如此狭小，但又足以盛放下千古。

680 自然是一种奖赏、一次祝福，是比我们生命，甚至比我们血脉更为绵长的孤独。

681 如果一朵花不是从一颗种子的深处喷涌出的激情，那么它就不配拥有这个春天。

如果一首诗不是你用尽全部的喑哑都不能抑制，而从你心中喷薄而出的渴望，那么，它就配不上这尘世所蕴含的绝望与孤独。

682 孤独并非你独自占据一间密闭的小屋，或是一个幽暗的洞穴，而是你在自我的沉溺中，那曾经将万物隔绝开来的壁垒消融的一瞬，是万物重获最初的辽阔与圆融的一个如此崭新的时辰。

683 诗歌、艺术与性爱的共通之处在于忘我，在于创造，在于又一次的无中生有。

684 任何一种认知都作为一次局限的见证。

同时，我们又必须执其一端，以切近与感知整体或全部，那空，那无，那无善亦无恶之真实。

685 《圣经》源自一个民族在绝境中的省思。而佛陀与老子道出的是一个尘世中的人，一种局限的存在对绝对之境的向往。

所以，《圣经》更多地说出了一种羞耻的体验，一种绝境深处的希望；而佛陀与老子因为对自身局限性的一种深切体验，以及对至高处即至深处这秘密的洞悉，而重获事物本来处的欢喜。

686 多与寡都不是你所注目的。

你必须成为一，那唯一的，甚至比一更少。

你必须在对心灵的持续倾听与追随中，饮下这空无的蜜。

687 古不是一种时间概念，而是我们切近道与真理的刻度。

或者说，古是因我们对道与真理永无止境地切近而得以显现的远方。

688 书法的碑帖有争吗？或许，这从来都是一个伪问题。

艺术的根本处在于真，而无关美丑与巧拙。

689 拙是什么？

拙是我们为切近真理而愿意舍弃并放下的精巧与圆熟。

690 汉语或者说中原文明更多地显现为一种阴性特征，一种基于对幽暗与寂静之处有着更多发明与揭示的创造性。

中原文明的几次急剧扩张都与异域文明的强势介入有关，而异域文明对中原文明的控制又无一例外是以这种强势文明的中原化为最终出口的。

或许，这同样可以作为一种雌性文明的柔韧与创造性的佐证。

或许，这还是一个有能力将她的父生下的文明。

或许，这里同样隐藏着东西方文明在从“五四”以来的剧烈碰撞、交融中，那依然为时代之浓雾所遮蔽的道路。

691 黄宾虹绘画中一种强烈的个人标识，以及画面与画面之间更多相似性图式并没有让我们产生审美疲劳，给我们带来怎样的启示？

那一次次打动我们的，永远不是我们曾孜孜以求的新，而是我们能否在一座山的起伏、一泓水的动与静，或是一片树叶的浮动、一个庭院的隐与现、一个人的行与止中注入因你对这个世界的领悟而获得的战栗与感恩，因一种持续地修行而得以企及的，一个更为圆满的生命。

692　黄宾虹在对倪瓒的感动中，最终走出了与倪瓒的疏简截然不同的，那浑厚华滋中的，一条完全的黄宾虹之路。

这是如此不同的两条道路，但又统一于对真的探求。

693　如果没有晚年澄澈而通透的黄宾虹，那么，那个满腹经纶的青年才俊最终去了哪里？

694　文人画对写的强调，并非是指笔尖在宣纸上的滑动，而是时间，是孤独，也是绝望的箭矢永无止境地抵达，在画家、诗人，也在每一个人的心灵深处。

695　艺术在显然处作为技术的达成，而其根本处是生命对真实、对圆满的渴望，以及由这样的渴望促成的一言一行。

696　普遍性不是一种目的，而是在向内的持续开掘中，那逐渐向我们显现的远方。

697　如果可以用一个词对“普遍性”进行替换的话，那就是“必然”。

是的，只有必然处才能经受住普遍性最苛刻的考验。

698　无穷无尽的偶然堆砌出了这纷繁而炫目的人世。

699　当我们对这个世界知道的越来越多，而又保持着与这个世界初遇时的欢喜，那么，一首真正的诗歌已然发生。

700　不要在江南那无穷无尽的细节中迷失。

而这无穷无尽的细节又是我们得以切近事物的寂静与幽暗时，那必须，并一次次被发明出的柔弱与精微。

701　江南不是腐朽、奢靡或娇柔的代名词，而是一种对自然，对日常事物深处的神性的发现与揭示能力。

江南还是塞尚笔下的圣维克多山，是他笔下一枚静静的苹果，是他通过圣维克多山或这枚苹果说出的道之静穆。

702　只有在这里，江南才成为我们，成为一代代人的一个共同的梦。

只有在这里，江南才成其为江南，江南的复兴才成为一种语言、一种文明再一次成熟的标识。

703　或许，金钱与技术的意义都在于为我们创造了一个通向自由的契机，那个可以完全放下技术与金钱的绝境。

而一个以金钱与技术为目的地的人，终于化作了那条不断追逐自己的尾巴，而最终将自己整个吞下的蛇。

704　男女之爱中的神性，是与我们的饮食起居所饱含的真理相等的。

705　自由是尘世中的我们，从那万有引力（它同时作为一种相斥的力）的暴政中挣脱出来的渴望与勇气。

706　金字塔的高度或顶部是与我们对自由的渴望，与我们从重力法则中挣脱出来的信心及勇毅相对应的。

绝大多数的人因对重力法则的屈从而构筑出金字塔那无边无际的底部。

707　任何一个时代都是孤绝的，当一个人立志放下他一生的悲与喜，以与将万物、将世世代代熔铸在一起的道相遇。

708　孤绝是你在持续的注视中，历史的岩层之上的裂缝向你缓缓显现，而蔚蓝从中涌出的一瞬。

709　必须如此孤绝，你才可能成为你自己。

710　孤绝不再是一种沮丧的体验，而是当我们要成为完全的自己时，那孤独中的满盈，那绝望深处的欢喜。

711　这同样是一种伟大的悖论。它最终因对一己的沉湎，因与万物疏离，而获得了重归于万物的一瞬。

712　孤绝是你重新回到万物的开始，是你因与万物的疏离与隔绝，而获得一个完全的自己后，万物同时向你敞开的一瞬。

713　金字塔的意义不在于它作为一个曾经的帝国，以及那些不可一世的王者的见证，而在于它说出一种预言，一种对重力法则的秘密契合与洞悉。

714　没有比屈原与杜甫更属于当下，也没有比但丁与歌德更属于中国的了。

715　东方人对气韵与境界的推崇是建基于对空无的发明与辨认之上的。而这样的发明曾经是一个国家、民族，一种语言深处的缘起，也是我们理解中国古典文学与艺术，包括中医的钥匙。

716　我们对前人奉为圭臬的气韵与境界弃若敝屣，恰恰是因为时代的浮云对空无的遮蔽后，这一群人对无用之用的漠视，而陷入了对有的执着与狂热中。

717　锐气也即生气，是事物在生长过程中显现的蓬勃之气。

718 诗歌中的锐气可以是金刚怒目似的暴风骤雨，可以是青春作伴好还乡时的痛快淋漓，甚至是年少轻狂时的快意恩仇，它更是温和敦厚中的是非分明，是一颗历经沧桑之后的赤子之心。

719 诗的四种死亡之气：骄气、娇气、暮气与酸腐气。

720 艺术与诗从来是一条险途，如果我们立志抵达一种极境。

721 正还正得不够，你还没有企及事物本来处的奇异。

或者说，所有的奇异只是“观者”的奇异，是“言者”的奇异，是“闻者”的奇异，是我们不得不通过有限的尺子去丈量无限时的绝望与惊奇。

722 对“有”的认知是哲学与科学的任务。

而信仰源于对“无”的渴望与激情，并触发了奇迹在这尘世的，无时又无所不在的发生。

723 不仅仅是作为释与道这些东方文明对世界最精微的认知深处的秘密，空无同样是基督与安拉被发明到人世的隐秘缘起。

724 并非西方文明与空无失去了联系，而是更深地隐匿了。

725 我并不羡慕所谓的鸿篇巨制，当我越来越深切地知悉，事物之最精微处不得不以碎片的形式来呈现时，那全部的艰难。

726 中国古典文论少鸿篇巨制，而多为片段式的感悟，与我们古人对精微的苛求有关。而西方人退而求其次，并在理性中收获了它的庞杂与绵密。

727 性善论作为一种对空无的激情，而性恶论是这人世无处不在之局限的见证。

728 性善论与性恶论并非两种决然对立的认知方式。

或许，善与恶都作为一种共同局限的见证，是我们必须独自去理解这个世界时不得不承担起的各自的艰难，是我们必须独自走向无善亦无恶的本来处时，那源源不绝向我们涌来的悲与喜。

729 性善论在东方有着更多的拥趸，性恶论在西方有着更多的追随者。

而东西方的古典文学艺术、政治制度，以及宗教无不建基于此，并呈现与勾勒出了各自的面貌与数千年中的变迁与奔腾。

730 性善论的另一种表述是"每一个人都是未来佛"或"人人可以致尧舜",性恶论的另一种表述即"你是有罪的"。

731 因为相信人性本善,所以东方人更乐于让渡出自身的权利,并发明出一种对集体与整体世界的乡愁。

因为相信人性本恶,所以西方人更珍视与强调对个人权利的保护,并最终探索与总结出了一种人世的制衡之道。

732 艺术立志发明出一,直至空无。

而商品说到底是一种复制,是一根孙猴子身上的毫毛幻化出的无数,是一种貌似神奇的分身术。

733 神的威严甚至诅咒都源自慈爱,而不是相反。

或许,这才是《圣经》在数千年间带给世世代代人心的吸引。

734 巧并非作为真的对立面而出现的。我们对巧的质疑仅仅是因为太多的以巧为名的不真。

就像大巧若拙说出的同样并非对巧的否定,而是巧依然巧得不够,它依然没有企及真得以显现的无痕。

735 世界无不是通过一种艰难的平衡而得以重回一个整体的。或者说，没有艰难就没有佛陀，就没有耶稣、穆罕默德，就没有老子与孔子，就没有屈原与杜甫，就没有荷马与但丁，就没有这伟大的尘世。

736 一个有意思而又深刻的悖论式的现象：作为一种对无的激情，释与道引入了更多可以感知的形象；而西方宗教因为对有的局限性的深切理解，而执意将神的形象隐匿起来。

或许，正是东方人对大象无形、大音希声的领悟，最终激发了他们试图用无处不在的有去触摸与描绘无的渴望；而西方世界中，神的形象的隐匿，对应于西方世界对这尘世之局限性无处而又无所不在的深刻体认。

737 乡愁不仅仅作为我们远离故土时触发的情感，不仅仅是因地理与空间的阻隔而带给我们的渴望，它同样来自时间。

或者说，乡愁不仅仅是一个远离故土的游子必须面对的，它同样作为一个终其一生都不曾离开过他生活的小镇或村庄的人的秘密情感。

738 或许，只有传统才配得上我们的乡愁，只有道与真理才能成为世世代代人们那共同的故国。

739 或者说，乡愁是世世代代的人们共有的一种病，是世世代代的人们必须独自去面对的一种共同困境。乡愁还是一个诗人的宿命，是我们如何从这转瞬即逝的此时此地中，获得一次对时间原点、对那所有生命得以孕育与发生的一个永恒瞬间的凝视时，那全部的喜悦与艰难。

740　神说，要有光，然后就有了光。

神为我们发明出的光来自神，来自万物自身，来自神与万物相触的一瞬中的电闪雷鸣。

741　我们看不见事物本来的光，是因为我们沉溺于这人世太久太久了。

742　“你要走那窄门。宽门连着大路，并通向死亡。穿过窄门的极少极少，他们得以永生。”

在对多与少的理解上，东西方是高度一致的。它们之间的不同仅仅在于西方将一或唯一作为少的顶点，而东方文明则以此为基础，并立志于发明出空无。

743　“不欲盈”是因为你知道，任何一种盈说出的都是这有限的、这狭小的、这生长之终结。

而“不欲盈”唯一的途径是：不断扩展这容器，并承载下更多，直到它重获这宇宙的苍茫与空无。

744　诗人不是一个语言暴发户，也不是一个建基于谎言之上的权力世袭者，但他必须是一个精神上的贵族，一个知不可为而为之的人。

或者说，诗还意味着一种与孤绝相伴随的勇毅，一种最明亮的黑，一种从寂静深处发明出的磁性。

745 现代性揭示的恰恰是人处于浮尘般的孤悬状态。他们失去了（或者说是被遮蔽了）与万物之间的联系，他们甚至可以是无父亦无母的。所以，对一个现代人来说，死已经变得不再如此重大，它可以是一个个体的绝对权利，而不再受缚于“人之发肤受之父母”的人伦纲常，他们再也无法意识到，任何一个个体的死，都可能是对整个宇宙、对过去与未来的一次背叛。

746 文明的进展究竟是作为一种方法上的更新，还是伴随着方法的更新而带来了认识边界的拓展？如果是前者，那么，东西方文明的进展都可谓是日新月异；但更显然的是，人类迄今为止的所有努力依然没有突破立法时代的先哲们因自身的局限而呈现出的这个世界的边界。

747 近几个世纪中，伴随着科学的进展，人类在“有”的领域获得的成功是显而易见的。但人类的危机并没有在这种显而易见的成功中得到有效的缓解，甚至是加剧了。

或许，这因“有”的攫取而获得的狂妄与欢庆正凝聚成一次新的惩罚，如果这对“有”的无穷无尽的探索并没能帮助我们再一次积攒出对空无的辨认。

748 不是神，而是我们此刻的心，是因我们与神重新确立的联系，是这宇宙的辽阔与万物的慈悲，在护佑我们。

749 或许，死亡才是这尘世最根本的秘密。

或许，正是死亡孕育与虚构了一个丰盈而繁盛的人世。

750 即使是老子，即使是佛陀，即使是耶稣，即使是安拉的使者穆罕默德，他们对他们说出的话语能否穿过千年的烟尘而得以抵达今天的我们，同样是充满惶惑的。

并非是他们对他们试图说出的道或真理缺乏信心，而是他们知悉，当道与真理不得不借得语言的翅膀以穿越时间的烟尘时，那全部的艰难。

751 诗是一颗如此骄傲，而永不甘于凡俗的心。

752 一个伟大诗人的谦卑，是他知悉他注定的平凡，是他知悉所有伟大的言说都不得不作为尘世那永远无法克服之局限的见证。

753 艺术从根本上是一种技艺吗？但它又必须发明出一种对道的敬畏与虔诚。它必须知不可为而为之。它必须在一种绝望与徒劳中，甘于与砖石或者木条，与语言、文字，与笔墨、线条，与这些易朽之物一道连缀出一条通往不朽的道路。

754 宇宙大爆炸创造了别离（那无中生有的、那从一个不存在的奇点中迸射出的全部的“有”），也赋予了万物一颗相同的心。

755 那些最辉煌的文明，无一不是人类试图回溯宇宙被发明之前的0.01微秒的静寂的，一种如此伟大的徒劳。

756 必须回到宇宙大爆炸前的一个瞬间，那饱满的寂静中去。

757 再也没有别的道路了，除了对这尘世如此纷繁幻象的洞穿，除了一次次地返璞归真，除了你对宇宙大爆炸前一个不存在的奇点的再一次发明。

758 一个没有质疑能力的人是极其有限的，他同样不可能拥有一种确信的力。

759 我热爱江南，就像我热爱着此时此地，就像我珍惜每一个曾与我相遇过的人，就像我因一片枯黄的落叶而感激于人世这一瞬间的静谧。

760 我的故土是江南，是伟大的汉语，是一个如此古老的国度，是宇宙深处一个微小的星球，是万物被发明之前的一个并不存在的原点，是那颗相同的心，又赋予我们以如此的不同。

761 世俗的宗教是信仰的集约，是一种结伴而行的渴望，而不得不去忍受对唯一道路的偏离。

762 从心既是一种对内心坚定的追随，也是心灵在一种持续的倾听与辨认中，因寂静，因沉浸，而为自己带来的每时每刻的塑造与发明。

763 真正意义上的新，是我们对千古不易之处的一次次艰难的切近，以及与之相伴随的，一次又一次如此古老的发明。

764 诗是我们在绝望的土地上开掘出希望的沟壑与田垄的力量及勇气，也是在最严酷的冬夜里，一群蜉蝣对第一缕春风最坚定的信念与预言。

否则，诗就从来不曾发生。

765 诗天然地拒绝一切陈词滥调，并时时警惕矫揉造作与标新立异带给我们的强烈而持久的蛊惑。

766 即使是颗粒无收的日子依然是充盈的，当你看见了秋叶飘落时的静美，当你听见了雀鸟在树丛，也在你身体深处同时升起的，自在的啼鸣。

767 精神就像一个光源，它既是一个点，又充盈于一间密闭屋子的每一个角落。

768 诗歌应避免就事论事的叙述、议论与抒情。诗歌必须从思的狭小空间中挣脱出来，并着力重建起万物之间隔绝已久的联系。

769 所谓的悖论，就是一个以为地球是扁平的人，在获悉我们一直往前，就能回到出发地时的绝望与惊奇。

770 如果我们不能胸怀整个宇宙，那么，我们就不可能理解我们脚底下，哪怕一寸的土地。

771 显与隐都不是你所求。

所谓的显与隐都不过是在求真的道路上，你与世界一次又一次的相遇，是你得以更好地理解这个世界的一个如此确凿，而又恰到好处的位置。

772 张力是一个更具现代意义的词汇，也是现代诗歌的一个基本词汇。它同时隐含着矛盾、对立、紧张等语义。

它总体上呈现的是一个西方人或现代人对这个世界的理解。

如果我们需要寻找一个与之相对等的东方词汇，那应该是“中庸”或“和谐”。

这并非两种相反的经验，或者说，它们说出的是同一种存在，并以各自如此卓绝的发明为那共同的局限赋形。

或者说，它们通过各自的褊狭，共同支撑起了一个丰盈而饱满的宇宙。

773 没有矛盾支撑的和谐是乌有的，在这尘世。

而最终没有在和谐与统一中找到归旨或出口的矛盾，在生成的一刻已然埋下了这尘世最终消散的种子。

774 日常中的人性比任何一个波澜壮阔的时代，以及那些波谲云诡的事件更持久。

这也是我更愿意将我的目光凝注于日常中的事物，而不是那些激荡汹涌，但又转瞬即逝的事件的原因。

775 一呼一吸才成其为一个完整的人世，那是无时无刻不在的吐故纳新，那是无时无刻不在的生死相继。

776 神同样需要呼吸吗？

是的，如果神依然能被我们看到，依然能被我们听见，如果神依然在向我们张口说话。

777 时间与空间都不是必然的。它有着这个清晨，你与一个美丽而令你怦然心动的女子相遇时，那全部的惊喜。

778 诗是这个破碎而涣散的世界重回一个整体的力，是一种比我们看见、听见、感受到的都要深入得多的真实。

779 这真实在大地之深处，在历史之深处，在文明之深处，在语言之深处，在每一颗心灵之深处，并成为万物之所以成为万物的，那永远都无法被我们道出的秘密。

780 不是正义的胜利，也不会是时间——这从诞生的一刻就已朽去的老者！

那唯一的凯旋者，是时间尚待发明的瞬间中，这无尽的，这万物共同的寂寞与苍茫。

781 不是你们所说的洁癖，而是你们对污浊的习以为常，是你们在与腐肉的长期相伴中，获得了蝇虫的鼻翼。

782 分裂是现代性的一个关键词，是我们这个时代最显著的特征，是我们共同的根，是我们的心被遮蔽，是道与信仰丧失，是“上帝之死”后我们不得不承担起的命运与现实。

783 唯有感受，唯有因我们的心而与万物重新建立起一种最坚固的关联，道、神与诗这些最高妙而精微的存在是拒绝被言说的。

784　所谓的香与臭都是相对的。所谓的高低、贵贱，以及善恶……

我们真的比那粪便上停满的绿头苍蝇更高贵吗？我们真的比它们对这个世界抱有更深的善意吗？

就像佛经所云，所有的“色、声、香、味、触、法”，都是我们必须穷尽所有的力量，以放下的执着。

785　书法从日常生活中的退场，并不意味它作为一种艺术形式的终结，但它又无疑获得一重更深的考验，一种来自展厅，以及为艺术而艺术的诱惑，一种将我们与我们的初心隔断，而弥漫开来的，如此古老的浓雾。

786　诗画同源几乎是一个常识，但其更深处的秘密在于万物的同源，在于一代代圣贤孜孜以求的“朝闻道，夕死可矣”中的道。

787　艺术的终点处是美吗？文学的终点处是真吗？宗教的终点处是善吗？而它们又共通于道，共通于心，共通于至真、至善、至美终于熔铸出空无之绝境的一瞬。

788　珍惜，但不执着。

你才能直面这惨淡的人世。

789　繁衍对应于一次新的阴阳和合，意味着一次新的开始，也预示着一次亘古的终结。

或者说，所有因繁衍而得以显现的事物都是没有常性的，包括阴阳本身。

790　书法作为一种比绘画更加纯粹的艺术形式，是因为书法更天然地摆脱了一种表现或表演的诱惑，而更自然与方便地放下作为一种艺术或创作的执着，而仅仅作为一种生命体验，作为我们因对宇宙时空的追问而发出的喟叹在笔墨线条中留下的痕迹。

同样，那些伟大绘画，对应着一个忘记绘画的瞬间；那些伟大的诗，也只发生于我们终于能放下诗的时辰。

791　思辨依然是浮夸的，如果它不能获得江河滔滔中的无言，如果它不能获得青山奔流中的静默，如果它不能获得一个诗人之成为诗人的绝望与孤独。

792　那个曾悄悄将一件你所珍视之物占为己有的人，在多年之后，偷窃的羞耻是否依然在折磨着他？

而这也是这么多年来，你一直心有不安的原因。

793　阴与阳存在的前提在于它们从最初处就蕴含着一次向

对方转换的契机。

794　万有引力恰恰源于一种相反的力，是宇宙大爆炸的瞬间为这尘世奉上的世世代代的诅咒与祝福，是整体性永远的丧失，是道被遮蔽后，从世世代代人心中漫溢出的绝望与孤独。

795　如果我曾对诗说过一些不敬的话，那么，我针对的一定是一种仅仅为分行的文字所独占的，那些以诗为名的傲慢与偏见，而不是我们必须通过如此饱满的尘世而得以重逢的，那绝望深处的丰盈。

796　分裂从来是尘世的标识。

如果说宇宙与尘世作为一个不存在的奇点被时间捕获的一瞬后大爆炸的残余，那么，分裂就是我们，就是这尘世不得不承担起的命运。而我们重返宇宙大爆炸前一个瞬间，那不存在的奇点中的完整性，就成了一种世世代代的乡愁，成了一代代诗人与艺术家的秘密使命，也是所有文学、艺术，包括科学与宗教的一颗共同的初心。

797　歌德说："去成为那使世界成为一个整体的力量！"

佛经有言，"不忘初心，方得始终"。

798　诗、艺术与信仰的道路，无一不是在对个人迷雾的成功穿越中，一种共同的澄澈得以缓缓显现的漫漫征程。

799 如果诗是一个不断完善的人，在语言、色彩、线条，在这尘世所有的徒劳中留下的痕迹，那么，你还必须放下对这些曾属于你的痕迹的执着，你还必须彻底放下自己，你还必须去企及那更高处，或许是你注定永远无法企及的无名。

800 是对你们孜孜以求的事物之微末的无视，最终帮助我放下了你们此刻目睹与惊诧的庞然大物，以及生命那世世代代的浮华与惊奇。

801 如果我们不能理解东方，如果我们不能理解一种属于东方的最精微的发明——空无，那么，我们就不可能真正理解中医，理解东方的文学与艺术，以及东方政体中对一种模糊的精确性的孜孜以求。

802 感激这刀尖一次次划过肌肤的快意；感激这虫子的队列在你骨髓中饕餮时的欢喜；感激鹰隼的尖喙啄食中，那曾属于普罗米修斯的绝望；感激这由彻骨的疼痛将你与万物、与整个世界隔绝开来时，你将一个如此饱满瞬间噙在眼眶时的满盈；感激这因一颗晶莹的露珠从草尖上滚落，而从一颗心与大地深处同时激起的战栗与轰鸣。

第五辑 2016

803　现代汉诗百年是我们在对西方言说方式的全面借鉴中，有待完成的一缕无论东西南北、无论古今中外的辨认；是幽州台那么漫长的筑基与建设，而有待陈子昂用他的喟叹再一次将之点亮的一瞬。

804　只有人到中年后，才能真正理解“覆水难收”的含义，才知道那无穷无尽的秘径，不过是人生世世代代浮华之见证。

805　山水是人心，道是人心，诗是人心，画是人心，书法是人心，哲学与宗教是人心。而科学是我们对宇宙奥秘的勘探，并再一次见证了宇宙的边界恰恰是人心的边界，至远即至近，而宇宙的全部与那从不显现自身的心是相等的这样的秘密与真实。

806　当树叶落尽之后，我们终于得见这山的嶙峋。

807　上帝、佛陀与安拉的神秘与意义都在于，它昭示了尘世万物，或者说任何一种知的有限，并帮助我们重获一种谦卑的品性。

808　对线性时间的超越，注定伴随着对这因阴阳之间的偏斜而隆起的尘世的克服。

809　变化是这尘世的常态，是与死亡并列的一种根本性秘密。它对应于大地的起伏与青山的奔流，对应于人世的辽阔、空蒙而永无止境。

810 西方的宗教与文学，包括对上帝的理解，是基于尘世对无限处的想象与眺望的。

而东方的神奇在于，那些伟大的心灵从一开始就发明出了一种从空无中对这尘世的俯视，一种比自身久远得多的慈悲。

811 塞尚，这个现代绘画艺术之父，这个现代性在绘画一侧的集大成者，他最终的成功恰恰是建筑在对现代性的反省与超越，以及一种对整体性视角的领悟与坚持之上的。

812 西方文明，或者说地球村在今天正承受着的现代性，对应的是一种暴力式的开发，一个盛产早夭天才的摇篮。如果这日益凋敝、危机四伏的地球，我们这共有的家园不至于坠入那万劫不复的深渊，如果这个喧嚣的时代最终没有熔铸出《圣经》与《古兰经》中先知共同预言过的末日，那么，是我们必须从一种东方智慧中获得一种新的启示与滋养，以让诗重新回到一种修行，回到一个个不断完善的生命中去的时候了。

813 实验水墨的可能性与出路，是我们对一种形式的探索，是我们在一种如此艰难卓绝的创造性劳动中，最终能否再一次擦亮我们的传统，能否再一次凝聚出一种对这个世界最精微，而无论东西南北、无论古今中外的辨认。

814 实验水墨不是一个新的概念。

而我愿意把黄宾虹作为离我们最近的一个显著例子，一位实验水墨的伟大践行者。

815 我对东方的强调，或者说，东方对我的吸引，不是我对自己这一侧的执着，而是我越来越真切地认识到，东方的智慧中蕴含着现代性，或是西方文明在今天那巨大的困境得以化解的一个崭新而如此古老的契机。

816 不要就画谈画，不要就诗谈诗，不要就时代谈时代，不要就人世谈人世，然后，你才可能真正看见一颗露珠在草心的孕育，以及当它划过一片草叶、一片花瓣，划过你的脸庞时，这人世的孤独、绝望与欢喜。

817 你写下的不再是西湖，你写下的不再是孤山，你写下的不再是白堤，你写下的不再是断桥，你写下的不再是保俶塔、抱朴道院，你写下的不再是雷峰塔、净慈寺。

而你一次次写下它们，是因为它们一次次成功唤醒了你心底的孤独，唤醒了你心底的绝望，是因为它们一次次成功唤醒了你对这尘世的眷恋，以及对汉语那永远的乡愁。

818 只要有一个因凝神而忘我的瞬间，那么，一个即使是两手空空的下午依然是值得用一生的漫长去换取的。那里有不着一字的天空，那里有尽得风流的人世。

819 心是东方的一种最神秘而奇妙的发明。

820 心不在我们的胸口。它甚至不在这里，也不在那里，心在我们身体的至深处，在一把解剖学的尖刀永远无法抵达的地方。

心是我们与道在肉身中的相遇。

821 当山与道相遇时，山便获得了山的心；当水与道相遇时，水便获得了水的心；当天空与道相遇时，天空便获得天的心；当大地与道相遇时，大地便获得了一颗大地之心。当汉语得以再一次与道相遇时，一种如此古老的语言终于重获一颗万物之初心。

822 太骄傲了！

对年轻的骄傲，对力的骄傲，对美的骄傲，对善的骄傲，对真的骄傲，对你依然是你的骄傲。

而你还未能说出对年轻的愧疚，你还未能说出对力的怜悯，你还未能说出对美的同情，你还未能说出对善与真的绝望，而你还未能说出死亡曾为每一个人发明出的祝福。

823 我对这人世的信心，来自我从来直到永远都无法放下的羞耻。

824 任何一种坚持都是艰难的。

任何的坚持因其有限而无一不在生成一次新的执着，直到我们在一种普遍的徒劳中获得“无用”眷顾的一瞬。

825 中医作为一种东方式的对人体最精微的理解，它很难在现代新式学堂中被集中的教授。它不是知识，而是智慧；它不是一个个被割裂的人体部位，而是一个不可分割的整体。它是与对道的秘密领悟相伴随的一种缓慢修行，它是对整个人世得以再一次发明的空无的渴慕与孜孜以求。

826 诗人是成功穿越人世重重叠叠迷雾而得以与生命最初的澄澈与通透重逢的那个人。

827 诗何曾不是一道新的迷雾？

那么多以诗为名的人与事，那么多以诗为名的分行的文字，那么多以诗为名的未来与昨日。

828 在古汉语中，或者说，在我们传统深处，诗与心是两个可以相互置换的词语。

829 画家有一双与我们不一样的手吗？画家有一双与我们不一样的眼睛吗？画家有一颗与我们如此不同的心吗？而他

看见了我们视而不见的，他听见了我们充耳不闻的，他说出了我们未曾说出的，他终于用他的笔墨线条勾勒出了，一个从未为我们所见、所闻、所感的人世。

830　鬼魂不是异物，它同样是因果链上的一部分，就像此刻的我们，就像无穷无尽处的佛陀，以及更远处，那因我们世世代代的修行而终于企及的无色、无声与无名。

831　能被叠加或合并的就不会是究竟或根本的。

832　东方的魅力与本源处是空，是无，是最柔弱的坚韧，是我们身体至深处的无尽与无穷。

833　一直以来，我领受到东西方两种传统的滋养，直到今天，直到我终于辨认，并越来越倾心于一种柔弱之力。

834　诗歌在说出我们对那些更为圆满瞬间之向往的同时，又不得不，并无时无刻不作为这尘世之局限的见证。

835　死亡是人生最艰难的必修课，是一种唯有宇宙的辽阔可以与之相称的祝福。

836　不会因为幽暗，而将你口中的痰吐向你面前，那同样幽暗而洁净的水面。这是因持续了二十多年的写作，因持续地对一个湖泊的凝望，一个不再年轻的诗人，终于获得的奖赏。

837 诗，包括所有的艺术，都是我们试图通过已知来完成的对未知的测度。

在这注定不可完成的使命中，在这样的一种知不可为而为之中，诗就不可能不成为一种喜悦与沮丧的共存。

838 我们的成长不应以心灵敏锐性的丧失为代价，我们必须在一种因时间而来的，越来越深入的洞察中，重获一颗如此坚定的心。

839 诗歌，或者说写作的最大的意义，在于它引领，并促使我们走向一个更好的自己。

840 最好的我们是那同一个，是我们脚下最明亮的黑，也是我们头顶最黝黑的光，以及这幽暗深处终于熔铸出的，一个人、一个时代，以及这尘世全部的未来与往昔。

841 我们对永恒的渴望是在对真的求索中实现的。

在我们对道、对真理如此艰难的切近中，永恒终于熔铸出祝福与奖赏的一瞬。

842 要经历怎样漫长的孤独？要经历多少的人世？当你从对整个世界如此热烈的好奇中，凝聚出一缕星光般狭长的注视。

843 对真理、对道、对空无的渴望终究会帮助我们找到一种最恰切的言说方式。

844 文如其人大体上是对的。而我们在更多的时候看到的两者之间的疏离，揭示的恰恰是知行合一在尘世如此的艰难。

845 《道德经》与《金刚经》是同一个人在不同的时空，因不同机缘在语言中的留痕，而终究又作为大雁再一次掠过天空之素净的永无止境。

846 是像一个男人那样，去爱一个女人那女性的部分，还是沉溺于江南，这温润的，这丰腴的，这孤独的，这值得你奉上全部的诅咒与祝福的命运！

847 自由是与道、真理的相遇，是对宇宙秘密的洞悉，是你从心所欲而不逾矩。

848 对于一种刻薄的情感，我从来有着深深的抵触，而无论是在任何的时代，无论是一个怎样的时辰，无论我们所面对的是天使还是恶魔，无论我们因一种隐秘的激情而终于说出赞美或诅咒的一瞬。

849 渐修与顿悟之间的辩驳不仅仅发生在神秀与慧能，发生在禅宗、佛教内部，它同样作为在儒、道、释之间的一种持续了千年的交流与辩论。这也不仅仅是慧能个人的胜利，它同样为禅宗、为佛教在中原的流布，为东方文明找到了方向，为一种如此古老的智慧在激荡中终于发明出了远方。

850 如果说儒学更强调修，那么，道与释则共通于悟。如果儒需借助于一个不断向上延伸的斜坡，那么，道与释则立志并沉醉于一个从万丈深渊之上的岩崖一跃而下的瞬间中的眩晕。

851 儒学着眼于现世，所以孔子说，“不知生，焉知死”！

道与释更向往于未来，以及一种在死亡注视中的生。

儒是以“一”为这尘世的顶点的，道与释因对未来的沉溺与耽望而终于发明出了空无。

852 对空无的发明是石破天惊，甚至是开天辟地的，它最终使东方成为东方，使尘世成为尘世。

853 一个对东方文明最深处的空无有所领悟的人，你才可能与他交流事物自身所蕴藏的神奇。

854 西方文明更服膺于逻辑的力量，或者说是一种着眼于现世的因果。而佛陀与老子的神奇都在于他们对空无的发明，并将因果律从现世狭小的牢狱中解放出来。

855　传统是每个时代先锋因孜孜以求的探索所勾勒出的青山在苍茫中的起伏，而先锋又无一不作为世世代代的探索者，对传统的，一次又一次擦拭与发明。

856　真正的先锋，是我们对传统一次崭新的辨认与发明，是我们向过去与未来的至远处同时投出的惊鸿一瞥，是我们向道之深渊又一次推下的巨石，是青山在大地上再一次获得的绵延与奔腾。

857　真正的先锋一定能放下对未来的执着，并洞穿了进化论的狂热所制造出的一个又一个时代幻象；真正的先锋也一定能放下对此时此地的眷恋，而终于熔铸出那同时向未来与往昔敞开的一瞬。

858　如果声嘶力竭或肢体剧烈扭曲并非因一个时代的分崩离析而带给那些真诚的心灵的剧痛，以及他们肉身正承受的困扰，那么，你就永远无法配得上这个时代所赠予的绝望与羞耻。

859　性事是此刻的欢愉吗？还是一种向更遥远处的发明？

或者说，性不仅仅是游戏，还是因爱所激发出的，将彼此镌刻于青山的渴慕。

860 我们心中的抱怨，是因为我们还未能企及，那或许永远无法企及的圆满。

861 只有那心中有一轮满月的人，他才有可能说出这由慈悲再一次聚拢来的人世。

862 多少种族消失在自己的罪里，多少种族因背叛而失去他们的神所应许的丰美之地。

但——是爱的艰难，终于将他们重新聚拢在一起。

863 心中的一念，无论善恶，都会加入到我们的生命中来，并无一，并无时无刻不在塑造我们的此刻与未来。

864 一念的产生与消散，有着这尘世的稳固与持久。

或者说，任何一念都不会作为无果之因，也不会成为无因之果。

865 不是歧义，不是模棱两可的。它必须如此准确，它必须如此简洁，它必须坚持，直到它终于说出这宇宙的辽阔与丰盈。

866 那些立竿见影的从来无关于诗。或许，它只是这迅疾而晃动的人世抛向你的一个隐喻，是一根竹竿，是这尘世的孤独，将影子般真实的你一次次虚构到了人世。

867 所有伟大的作品都是抚慰人心的，所有伟大的作品都能帮助我们凝神静气，帮助我们找回这个世界最初的澄明。

868 我们永远回不到古代了。但古代的鲜活正在于它曾于是时是地再一次激活了那比它自身久远得多的传统，而这同样作为我们在此时此地必须经受住的考验与承担起的命运。

869 我们永远回不到一个旧有的时代了。但我们可以，并必须回到传统中去，回到我们先人及更远处的后来者对这个世界的，一种最精微的辨认与发明中。

870 诗是一种爱的能力，是你在泪流满面中一次次与这尘世的相遇，是你用尽所有的力量，而终于说出的，那悲伤中的满盈与绝望深处的欢喜。

871 我是在西方同行的鼓舞与启示中，得以与我们自身的传统重逢的；我是在现代性的浸淫中，得以再一次发明出一个伟大的故国。

872 如法是一种至高的自由，是一种真知，是最高处的秘密向这尘世敞开时呈现出的洞见与发明，是我们终于从心所欲而不逾矩。

873 我依然有着太多的执着，我依然有着如此浓烈的悲与喜，我依然未能企及佛陀因对这尘世无垠与无尽的见证，而终于说出的无言。

874 是两种不同亲近神的方式与道路最终分别成就了东方与西方，是世世代代的人群对道与真理的见证绵延成青山在时间深处的奔腾。

875 星辰俯视着我们，就像我们看见蜉蝣，就像佛陀拈花一笑间，这人世的无尽与无穷。

876 不再刻意去选择一种言说方式了，甚至它也无关能力的证明。你唯一关心的是：你是否说出了此刻，也是那颗极远处的心，或者，你是否已然说出这全部的人世。

877 诗歌要有能力说出一种常情，一种这人世奇异中的孤绝。

878 所有的人生都写在我们的脸上。我们曾经的一举一动、一言一行，甚至在一念中的善与恶，都在不断书写，并塑造着那看似神秘而不可测度的命运。

879 相对于英语的直接与对自我的强调与关注，汉语是一种阴性，一种更为宽厚，也更具包容性的语言——一种模糊的精确性，一种在自我中对他者持续的发明。

880 语言是一种比任何一个国家与民族都稳固而持久得多的存在，是我们血脉深处的密码与标识。

881 是一种语言吗？是一种语言深处那幽暗的光芒吗？是这寂静的轰鸣声最终使一个国家成了一个国家，使一个民族成了一个民族，使你成了你。

882 终究是语言的变迁，在时间深处规范着一个民族，一个国家疆域的边界；终究是不同语言之间的对话与辩驳，最终塑造与呈现了这伟大的人世。

883 对道怎样地强调都不为过，而肉身又是我们的命运，是这尘世最坚固的海市蜃楼，是我们曾耳闻目睹的无尽与无穷。

884 人类冲突的根源在于我们对一种表面不同的执着。

这种不同或分歧可能是利益上的，也可能是文明上的，但又同时是作为认知上的。

或许，人类冲突的化解从来没有捷径，我们必须积攒出全部的力量，我们必须洞穿这尘世的幻象，并最终放下物质与利益向我们显现的，如此触目的分别。

885 求同存异，是指我们在对将我们熔铸在一起的道与真理孜孜以求的同时，又饱含对尘世的同情。

886 那完全的同，完全的共通之处，是我们世世代代的渴望。

而不同，而隔绝，又是我们的此时此地，是我们必须与之相认的命运。

887 写作的秘密在于虚己，将自己整个地清空，并终于重获万物同时向你涌现的一瞬。

888 对“有”的执着，对实相、对可见之物的执着构筑出我们这个时代一种最显赫而壮丽的景观。

他们不愿意相信不可见之物的存在，他们把所有不为他们所辨认的归为虚幻，直到他们成为这虚幻最坚固的一部分，直到他们终于因这傲慢而成为笑柄，成为一个时代羞耻的见证。

他们把空当成空洞，把无理解为虚无，而不知道空无是宇宙与万物得以发生的缘起。他们不知道，一个瞬间中的永恒，而只有那不存在的圆心，才能真正盛放下宇宙的无尽与无穷。他们只有此时此地，他们没有过去与未来，他们没有远方，更遑论无穷处的佛陀、耶稣与穆罕默德，他们只有此刻喧嚣中的孤独，他们只有此刻纵情中的悲伤，他们只有此刻狂欢中的绝望，他们终于用无数的此刻，堆砌出了这尘世如此盛大的海市蜃楼。

889 相对于绘画，书法更切近于一种艺术的本质，恰恰是因为它更方便而成功地从道中汲取一种简洁之力。

890 是语言吗？是那或静默或欢呼中的花鸟树木吗？是你的孤独、你的欢喜，是你的悲伤与绝望从虚空中一跃而出，并与这尘世中的万事万物熔铸在一起的，一个个如此满盈的瞬间。

891 不是你在写诗，也不是诗在写你，而只是你在看、在听、在感受、在冥思，是万物，是一首诗终于完成了自己。

892 真正的诗都是触物而自成的。真正的诗是我们的心与一座青山、一条河流、一棵树、一片花瓣、一颗露珠在一次次重逢中获得的，那初遇时的欢喜。

893 风把水吹皱之后，岸便移动起来。

你终于成为倪云林笔下那个面目不再被世人所辨识的艄公，你终于获得了一叶漂泊于烟渚的扁舟，你终于通过你手中的竹篙说出了这人世的寂寞与荒芜。

894 诗不是一种成果，而是因我们的洞察，因我们对这个世界的知与见，而呈现出的一幅画的气韵、一首诗的境界，以及一个人的音容。

895 现代性伴随着技术的花样翻新。

但——一种如此繁复的技术如果没有帮助我们穿越一个时代的迷雾，如果没有积攒出与万古中的纯一和混沌对接的那伟大的一瞬，那么，终究是新的迷雾，是尘世那重重叠叠的，崭新而又如此坚固的海市蜃楼。

896 不知从何时起，我看到华灯初上的宝石山，就会想起黄宾虹的画，并恍然于那些幽暗的光芒如何穿透厚厚的宿墨与岩层，并给予世世代代的凝望者以深深的慰藉。

897 我因保俶塔在水面的晃动而看见了微风，我因西湖沿岸渐次点亮的灯盏而看见了夜晚在悄然中的莅临，我因这头顶的花开花谢而看见了，那将无数世代接续与熔铸在一起的绝望与孤独。

898 只有能激发出我们最浓烈而隐秘情感的时间与地点才称其为故乡。

只有那些能帮助我们去发现我们与这个世界最稳固关联的人与事才可能成就一首诗。

899 一颗满盈的诗心，将从眼眶中漫溢而出，并灌注到了那与他迎面相遇的万事万物中去。

900　我从米沃什那里获得的一种最新的鼓舞与教益是：

我必须更坚定地与我血脉深处，那些幽灵般的倒影站在一起，我必须穷尽一个时代的孤独与绝望以擦亮孔孟、老庄、释迦牟尼曾经发明出的一种对这个世界如此精微的辨认，我必须独自从这人世的悲伤中去汲取一个人、一个民族、一个国家、一个星球，以及整个宇宙得以延续的光与力。

901　破坏与建设是同一个女神那交替挥动的手掌所释放，而分别被命名为毁灭与创造的力。

902　如果没有幽暗，而只有明亮，那么，这个世界会变得更为丰富，还是索然无味？

就像那全部的道与真理，而不再有诗与艺术，不再有它们在语言、色彩、声音中的迂回，不再有这万古长新的悲与喜。

903　不再在偶然的事物上浪费时间，是你品尝到这寂灭之美，是你终于知悉，在通往寂灭的途中，那不断向你涌来的悲与喜，有着一个人世全部的繁盛与丰盈。

904　那不断用手中的权柄去交换利益的人获得了谀辞，而你是否愿意用这人世全部的羞辱，去换得，一颗历经沧桑后的赤子之心，一行为千年后读者所辨认的诗？

905　专注最终使那为我们所专注的事物成为一种奖赏，这唯一的，极少的多，直至万物，直至宇宙的全部，直至佛陀因慈悲而重临这人世。

906　不是眉宇间肌肤的皱褶，而是一颗多思的心，为这人世赢得如此巨大的困境再一次化解的契机。

907　波德莱尔对我们的吸引，是因为那同一个时代的困境依然在考验着我们，在两百年过去之后；但丁对我们的吸引，是因为人性中那相同的软弱依然在困扰，并考验着我们，在千年过去之后；老子、穆罕默德、耶稣与佛陀对我们的吸引，是因为这人世中的贫瘠与荒凉在过去的亿万年间未曾发生过一丝的变异，是因为那无数的昨天，不过是全部的过去与未来所共同熔铸出的，一个个如此崭新的今日。就像此刻，这无数雨滴源源不断地从水之深处浮出，并在水面上碎裂成一个又一个细小并扩展开来的涟漪。

908　天才是一种病吗？一种因才华过于丰腴，而得以获赠这人世的褊狭。

或许，天才还过于炫目了，并因此偏离了道之静穆。

909　你要有蛇的智慧，你要有老虎的勇毅，你要有狮子的孤绝，你要有鹰隼的坚定，你要有乌龟的忍耐，你还要有一颗鸽子的心。

910 世界源于赠予，还是以索取为目的的交换？一种为人世赢得更多温情的易容术，一种以爱为名的欲，一种以祝福为面具的惩戒与诅咒。那以物物交换为标识的人类伟大的幼年是多么美好，或者说，在那里，堕落刚刚获得那小小的开始，以致在我们今天的回望中，仿佛那里有着世界被再一次发明之前的，瞬间中的静寂。

911 我如此热爱孤山，是因为它的精致吗？还是因这被水所拥簇中的孤绝，并通过一条长长的堤岸与两座拱桥、与北山路、与宝石山、与整个世界重新连接在一起时，那刹那中的战栗与欢喜。

912 山水是最好的老师，譬如此刻，这在仲秋时节依然如此饱满的孤山，它足以让你放下对即将到来的生命之秋的恐惧，放下这人世的悲凉，放下这从你心底、从万物至深处积聚，并从你的两鬓、从你的前额与脸庞、从无数的树梢与枝头涌现的严寒与荒芜。

913 少女执着于她年轻的美，盛年之人执着于他此刻的力，耄耋老人执着于他的睿智，明星执着于盛名，商贾执着于银行账户不断膨胀的数字，你执着于你这一刻的孤独、绝望与欢愉。

914　在月光的映照下，我看见了松树的枝干，那些古人曾以画笔在泛黄的宣纸上凝固的浑厚与苍凉。

而它曾作为一种虚构的美，一种被创造与发明出的真实，一种人世注定永远无法企及的至善或无名。

915　不知从何时起，我与这片山水便是不可分割的了。我与西湖、孤山、保俶塔、抱朴道院，我与雷峰塔、净慈寺、南屏山，我与苏堤、白堤，我与断桥是不可分割的，我与这个繁华的城市，我与一个喧嚣的时代，我与这浮华的人世，我与这因一首诗、因一个人心中的绝望而再一次聚拢来的宇宙的苍凉与荒芜，都是不可分割的。

916　黑暗中，鸟的啼鸣最让人心惊了，就像丧钟为这存续了那么久的人世响起，就像从这寂静的轰鸣声中冉冉升起的一轮旭日。

917　雨夜，在白堤眺望华灯初上的宝石山，我突然获得一双黄宾虹的眼睛，一种无爱亦无恨的看与深情：那繁华落尽后的澄澈，那干枯深处的浑厚华滋，那孤独中的虽存已殁，那绝望中的丰腴与满盈。

918　山之上是树冠，树冠之上是被弥漫的水汽与云雾所遮蔽的天空。

天空之上是什么？星辰们的俯视之上是什么？在星辰与

星辰之间，那么辽阔的幽暗是什么？宇宙的旷远是什么？那悠悠的天地之间，一个诗人的悲伤与孤独是什么？

919 跪拜或是不跪拜都不重要，如果我们心中真的有着足够的敬畏与谦卑。

920 一个拥有足够的敬畏与谦卑的人能放下他的膝盖、肩膀、前额与脚底之间的分别。

921 所有的形象都意味着一种方便。

你跪拜的并非一个木制或金属的雕琢拼贴之物，你跪拜的不是一个远在天边，而不断为我们快递来棍棒或糖果的神，你跪拜的，甚至不是任何一个他者，而是万物因这一刻的凝神而再一次熔铸出的你的初心。

922 我对东方文明越来越强烈的信心，来自于它对道、对真理、对空无的一种如此精微的发明。

这是这样的发明将不再因一种政治或经济的变迁而发生变异或磨损，以及这样一种文明在一次次历史的浩劫中获得重生之契机的原因。

923 人的有限，尘世的有限，注定一个真诚的人，不可能不是孤独的，不可能不是悲伤的，不可能不是绝望的，如果他最终不能放下对这尘世、对“色、声、香、味、触、法”的执着，如果他不能把他心中的孤独、悲伤与绝望转换成一次对空无的见证。

924 米沃什说，撒旦才是“人间精灵”，才是自然的创造者，才是约束天地万物那永远不变的网罗。

这性恶论的信奉者，虽然诗人的良知逼迫着他，并命令他一次次说出了诅咒。

这20世纪的智者，这西方世界的先知，所以，刚刚过去的20世纪，就不可能不是一个绝望的世纪。

而在这刚刚过去的20世纪中，东方在哪里？或者说，东方是什么？一个遥远星球上的古老传说？一个西方人手中传递着的，侏罗纪化石上的美丽花纹？

而更新的一个世纪，终究会有一片新的绿色从废墟的深处、从美丽花纹的皱褶中被投递出来，作为久远世纪带给一个未知世界幸存者的一声问候。

925 萨福是简洁而明晰的，荷马是简洁而明晰的，但丁是简洁而明晰的，屈原是简洁而明晰的，杜甫是简洁而明晰的，苏轼是简洁而明晰的。

简洁而明晰几乎作为一切伟大的人与事那共同的，甚至唯一的标识。

而繁复与夸饰都是一种考验，是无数的时代向我们显现的，那共同的浮华与海市蜃楼。

926 是对徒劳的坚持,成就了但丁,成就了荷马,成就了杜甫与黄宾虹,成就了这伟大的尘世。

927 抽象是人在向更高处攀缘时的一个必需的扶梯。

但诗人,你需要时时警惕的是,一种与大地失去联系的风险终将将你引向那蔚蓝而万劫不复的深渊。

928 诗人,在一种随时间而来的越来越深入的洞察,与受之于天然,却注定在时间中被不断磨损的感受力之间,你必须获得一种并驾齐驱的,一种如此艰难而惊人的平衡。而它们之间,那必然,而无时无处不在的偏斜,正每时每刻播下消亡的种子。

929 并没有所谓的东方与西方,有的只是两方不同水土之上的人观看与理解世界的不同角度,两种望山的不同视角:一种站在山腰,并拥有更多可能性的中年,以及因山巅立锥之地上的远方所赠予的冲淡与柔弱的秘密。

930 病来如山倒,病去如抽丝。并不是病在来去之间的区别,而是病来时的丝丝缕缕并不为我们所见所知觉,直到它们凝结成一根抽打,或将我们的脖子勒紧的绳子。

931 尘世在本质处是作为一种慢,还是迅疾的存在?

或者说,尘世是我们不得不以迅疾发明出的慢,是我们不得不以明亮发明出的幽暗，是我们不得不以喧嚣与繁华发明出的寂静，是我们不得不以眼睛发明出的无色，不得不以耳朵发明出的无声，不得不以嘴唇发明出的无言。

932 更多杰出的文学或艺术作品都与人类的一种痛苦或沮丧的经验相关。而一件伟大的作品又必须有能力洞穿这痛苦、沮丧，甚至绝望的幻象，以道出那欢喜中的寂静与无言。

这欢喜曾属于牛背上的老子，属于菩提树下的佛陀，属于十字架上的耶稣，同样属于沙漠深处的穆罕默德。

933 苏轼与但丁的伟大都在于他们知悉如何将一种人世的苦难成功转换为时间深处祝福的秘密。

934 诗是一种慢。或者说，这慢依然慢得不够，直到寂静从万物的喧哗与繁盛中浮现。

935 水仅仅是百谷之王吗？它也可以是我们头顶的云，是珠穆朗玛峰顶那洁白而晶莹剔透的冠冕。

936 没有什么是新的。

宇宙是“无”被时间捕获，发生剧烈爆炸的一瞬，是在开天辟地之后，那全部的残余。

937 而重获这样的原点是重要的，这里隐藏着我们重回一个整体时那唯一的秘径。

而正是在这一从来不曾存在的瞬间的俯视中，所有的生长不再是生长，所有的消亡也不再是消亡。

938 鸡与蛋之间的迷雾，同样可以在阴与阳的辩证中获得启示。

鸡是阴，蛋是阳；鸡是雌性的，蛋是雄性的；鸡是根源，蛋是一个族群得以显现的契机。

939 推而广之，大地是阴性的，天空是阳性的；泥土是阴性的，种子是阳性的；无是阴性的，有是阳性的；道是阴性的，而那从无中生有，从道之深处幻化出的如此坚固的尘世是阳性的。

940 鸡与蛋的迷雾与困境，同样是尘世中万物的困境。如果我们不断回溯，作为万物之灵的人，我们究竟来自何方？是类人猿？是两栖动物？是水生物？是单细胞生命吗？那么，又是什么促成这些最初，但又绝非低劣的发生？

是的，是阴与阳那石破天惊的相遇，是在大爆炸后，宇宙经受住的一次，是一次次如此剧烈的战栗，是人们世世代代传颂中的爱情。

941 没有种子的大地终究是这广阔的荒芜，没有大地的种子不过是蚂蚁们一顿绝望的晚餐。

而一个伟大的尘世恰恰是一粒种子如何从大地中收获一个坚实的起点，并终于绵延成了一个如此广袤而繁盛人世的喜悦与艰难。

942 在时间的原点中没有阴阳，空无中没有阴阳，道与真理那共同的至深处没有阴阳。哦，这绝对的和谐与自由。而阴阳又是空无，是道与真理在时间中得以显现的肌理，是时间与空间重获其原点的一瞬之后的无穷无尽与无边无际。

943 所有伟大的诗篇，所有伟大的艺术，所有伟大的科学发现，无一不是源自对终极世界的追问，无一不是源自对道、对真理、对空无如此强烈的渴望与激情。

944 一个伟大的诗人一定是一个伟大的智者，一个伟大的艺术家一定是一个伟大的智者，一个伟大的科学家也一定是一个伟大的智者，直到信仰在这些伟大心灵中发生，直到道与真理，直到空无注满这血与肉的器皿。

945 地球是一个碎片，太阳是一个碎片，所有的星辰都是一个个碎片，在宇宙获得其自身的大爆炸之后。那么，我们重回一个整体的努力，就不可能以日月星辰为终点，直到我们重新发明出整个宇宙得以发明前，依然没有被时间捕获的那个奇点中的寂静。

946 如果我们一直盯着自己的脚尖，那么，我们每迈出一步，就可能意味着与一个新的漩涡相遇。而那个极目远眺的人，看见了一条静静流淌的河，看见了一条飘拂在微风中的绸缎，并终于听见了孔夫子千年前发出的喟叹，那“逝者如斯夫！不舍昼夜”中的忧郁，那从我们每一个人心底被一一唤醒的孤独。

947 一种可憎的现代性带给每一个人的困扰：

当我们的微笑可以明码标价，当我们的举手之劳与我们心中的善意可以与一个叮当作响的硬币做交换时，我们得到的是尊重还是羞辱？

948 每个人的关切恰恰是他们各自的命门。

或者说，我们的执着是我们的命门，我们对万物的眷恋是我们的命门，我们对道与真理的痴迷同样是我们的命门，直到有一天，我们如佛陀般放下了这万物之间的不同。

949 如果沿着陡峭的山坡拾级而上，而不是绕着这弯曲的堤岸踽踽而行，那么，会是一首截然不同的诗吗？

而你感激于这孤独，这自足与欢喜为你捎向的远方。

950 放下对万物的执着，放下真理吧，放下道，放下空无……

但这样的执着又是通往最终的放下之途中，那不可逾越的梯子。否则，通途再一次化为天堑；否则，那条注定由寂寥、孤独与喜悦相伴随的攀登之路，重新化作再一次将你我置身于绝望深渊的崖壁。

951 死亡不是一个和善的邻居，而是我们在同一个屋檐下，或是远在天边的亲人，是一次次将我们重新发明到人世的，一个如此温暖的子宫。

952 还可以这样专注吗？还可以这样决绝吗？还可以这样不管不顾吗？还可以重新找回那个最初的自己吗？还可以写下这些不朽的诗篇吗？

哦，这不着一字，而又已然尽得的人世风流！

953 相对于天才，我更信赖于一种通过不断地修炼而得以完善的生命，一种足以放下所有光芒的幽暗，一种足以放下全部喧哗的寂静，一种足以放下全部人为后的至善，一种穷尽一生的力量，穷尽全部的徒劳，而得以显现的自然。

954 善既是天然，又来自人为。

善是我们穷尽一生的力，得以重回这最初，甚至是所有时间之始的无恶与无善中的圆满与真实。

955 并非善之不美，而是太浓烈的人为，将我们与天然隔绝开来。

956　无论悲与喜，你必须获得那直面善与恶的勇气。

957　所有的文学与艺术都是人心，是善与恶、真与伪、美与丑完成的又一次辩论。

958　相对于一种平庸的流畅，我更愿意以一种不可避免的缺陷去换得奇崛。

959　至真处即至善与至美处的真实，并不会改变以波德莱尔为滥觞的现代主义，以美为艺术终极追求的风潮，带给一个时代的困扰。那与真实之地隔绝开来后，一种越来越羸弱与纤细的美，一个由塑料与金属的花朵装点的山川与家园。

960　我们必须穿越语言的迷雾，技艺的迷雾，真、善、美的迷雾，直至那宇宙得以凝聚的空无显现，直到万物重获它最初的通透与澄明。

961　“笔墨当随时代”指出的是普遍的永恒必须获得一种特殊的言说，并标识出时代之变迁。或许，在诗歌这一侧，一个最近的成功例子当属于波德莱尔。或许，在近两百年之后，又一个决定性的时刻已然降临，并作为又一次对“笔墨当随时代”吁求的回应。

962 或许，是这思过于沉重，以致于这山、这树、这花瓣、这草尖因一种负荷再也回不到那最初的静默了，直到露珠从无数的草尖、从无数的花瓣、从树梢滑落，直到这湖泊重获你的眼眶，直到这静静的水面重获一颗心的柔软与战栗。

963 保俶塔从来不是被我看见的，而是我是否有足够的力量将它再一次从心中取出，并将它重新放置到这青山缓慢的流淌中去。

964 沉浸，还可以再沉浸些，直到你与西湖，与孤山，与保俶塔，与抱朴道院，与这沿途的风物，再一次熔铸在一起。

965 诗是一次沟通，是一次连接，是事物重回那整体的渴望。

诗是我们从将我们隔绝在单个事物，或者说是事物的有限性中挣脱出来的激情。

诗是我们对无限处，那永远的乡愁。

诗是这只有尘世的徒劳才能与之相称的伟大与艰辛。

966 一切以交换为目的的人与事都是可耻的。

而又终究是羞耻堆垒出了一个广袤而丰盈的人世！

967 道就是光，神就是光，而道与神又是幽暗的……

哦，这幽暗的光芒，这光明的使者，这为肉眼所辨识之前，那无穷无尽的孤独与微茫！

968 弱肉强食是与万有引力同样恒久的秘密法则。

但我们对它是顺从，甚至助长，还是去抗击，决定着一首诗的有无，决定着善的发生，决定着这人世的命运。

969 一座山比我们延绵更久，一条河流比我们泽被更远，是因为我们还没有发明出一双世世代代将它们看见的眼睛，是我们还没能在不断地放下中，积攒出那辽阔，以致苍茫的热爱与孤独。

970 任何的爱，任何一种情感都是对等的，即使如叶芝对毛特·岗穷其一生的苦恋，即使是你对一个从来不曾存在的幽灵的，那永无止境的渴慕，那唯有绝望可相匹配的激情。

971 寂灭既是我们头顶的天空，那些寥落的星辰，又在我们身体的至深处，是我们得以孕育之前，那已然被赠予的命运。

972 任何一种被命名的终极秘密，都意味着一次新的执着，包括寂灭。

或者说，寂灭不是事物的终结，它同样是万物之母，是天地之始，是晨光，是露珠，是雀鸟的啼鸣从幽暗与寂静的至深处喷涌而出的一瞬。

973 是太浓郁了！而你依然没有获得一棵树之所以成为一棵树，一朵花之所以成为一朵花，一颗露珠之所以成为一颗露珠，你之所以成为你的，这曾经穿越万古的悲伤，这将整个宇宙，将尘世中的万事万物重新熔铸在一起的绝望与孤独。

974 你愿意时时听从必然的召唤，而你又如此珍视这尘世般坚固，并一再说出那只属于你一个人命运的偶然。

975 你只是不断地说出了孤独，你只是不断地说出了悲伤，你只是不断地说出了绝望，你只是在相同的孤独、悲伤与绝望中，一次次与这山、这水，与一个个迎面向你走来的人相遇。

976 是道、是真理、是空无，是万物那颗共有的心，将散落于世世代代的万事万物汇聚，并重新熔铸在了一起。

977 属于你的领地越来越小，直到你终于成为一棵千年古树。

978 诗是这个破碎而分崩离析的世界重归于一个整体的力。

979 诗一直，并从来在这里，它在语言之前就存在着，并召唤着语言，并终于促成了这人世的重临。

980 不是我优于常人，而是我比他们多一份赴死的决心。

981 不仅仅是语言，万物都源自道的召唤，而又成于肉身。

982 语言同样作为一种普度众生的渴望，是重新将我们、将万物编织在一起的网。

而织者永不为我们所见。

哦，这永不为我们所见的织者，他有一双空的眼睛，他有一双无的手，他用寂静将我们一次次说出，他用幽暗将我们一遍遍地发明。

983 你还必须去获得穆罕默德的孤独，你还必须去获得耶稣的悲伤，你还必须去获得老子的寂寞，你还必须去获得佛陀的绝望，你还必须去获得万物被和盘托出的一瞬之中的欢喜与沮丧。

984 爱不是相互的占有，爱是宁愿不自由，是宇宙如此浩渺无际，而我们同在人世时的欢喜。

985 自由始于控制，而终于从心所欲不逾矩。

986 真正的坦然往往都有着一个战战兢兢、如履薄冰的开始。

987 如果说道在尘世中是隐匿的，那么，所有艺术、所有创造性劳动的意义都在于通过各自的努力将它再一次擦亮。

但不是剥离——

是的，任何一种剥离的努力注定是徒劳的。我们必须在一次次探寻中将它重新置于万物之深处，如那初见。

988 只有听懂鸟鸣中那全部悲喜的人，才可能说出这人世。

989 所有的教育都来自死亡：那由无数的死汇聚成的一次必死，那由无数的星辰堆积出的幽暗，那由无数的蔚蓝汇聚的天空，那由无穷无尽的孤独、悲伤与绝望堆垒出的春风在此刻的吹拂。

990 你可以是孤独的，你可以是寂寞的，你可以是悲伤的，你可以是绝望的，但你又必须是敞开的，你必须在孤独、寂寞、悲伤与绝望中与天地相往来，并去重建你与这尘世万物之间那本来的联系。

991 真水无香。

所有的气味都是我们穷其一生的修行以最终涤尽的，无论是酸腐气、匪气、学究气，还是我们曾孜孜以求的人间烟火气，直到我们重获一颗赤子之心，直到我们重获一首诗最初的澄明。

992　引力波的发现将带给我们的时空观一种颠覆性变革，或许，它不仅仅意味着空间的某种扭曲，也意味着一种曾统治过我们数十个世纪的线性时间观的终结，而使得那曾为东方智慧一次次揭示过的，一种属于时间的优美弧度再次显现。

993　引力波的发现将颠覆我们对这个世界的认识，并最终赋予这绝望的尘世以崭新的未来、以曾根植的东方，并终将属于这尘世的一种世世代代的欢喜，是以科学的方式，对佛陀、老庄在两千年前的静默与无言做出的一次致敬与回应。

这并非科学的胜利，也并非东方，并非那世世代代伟大心灵的胜利，而是这尘世终于重获一个伟大的节日，是这尘世无处无所不在的悖论得以化解的契机，是真空与妙有重新回到一朵花、一茎草、一颗露珠，回到你正耳闻目睹的万事万物时，如此饱满而丰盈的一瞬。

994　如果没有汉语，如果不曾生活在江南，那么，我会是谁？就像没有太阳与月亮，就像没有此刻这满天的繁星，千年又是什么？万年、亿年何曾不是那个永无止境的长夜？

995　不是语言与语言、笔墨与笔墨，而是眼睛与眼睛、心与心的分别，是万物在本来处获得它自身时，一个观者从他身体深处那口幽暗的井中一次次打捞起的惊奇。

996 所有能被看见与说出的都是繁华的。

萧瑟在这尘世的至深处，永不为我们所见。

997 不仅仅需要说出这一刻的繁华，我们还必须说出那至远处的悲与喜。

998 如果孤独是一首诗，如果悲伤是一首诗，如果绝望是一首诗，如果真理的凛冽是一首诗，如果道的静穆是一首诗。那么，这西湖沿岸的繁花未曾不是一首诗；那么，孤山的苍翠未曾不是一首诗；那么，一只雀鸟的啼鸣未曾不是一首诗；那么，一个诗人与一棵古木在无言中的相遇未曾不是一首诗。

999 如果说诗是水，那么，这些分行的文字就是水得以暂时盛放的一个个杯子。

但这又远远不是诗之容器的全部，包括江、河、湖、海，包括在我们头顶漂浮的云，包括我们的目力所及之处的飞鸟与游鱼，包括那一次次与我们相遇的，一棵棵树木、一朵朵鲜花、一茎茎小草，包括芸芸众生，都是诗遗落在这尘世的一个个完美容器。

1000 “久病床前无孝子”说出的，不是一种惩罚与诅咒，而是一种持久的疾病，一种缓慢的死对人心的考验，并终于因此勾勒出的，这人世之荒芜。

1001　男欢女爱是人世最彻底的欢喜，是阴阳相隔永世后在一个瞬间中的初遇……

1002　会当凌绝顶的，一定是一个一意孤行的踽踽独行者。

1003　任何一种不适都会积攒出为我们带来变化的力，直到我们终于发现了，那个最初的自己。

1004　将我们与古人隔绝开来的并非是阴阳，或许，那将我们与古人隔绝开来，又不断将我们化为古人的是线性时间。但时间真的是线性的吗？就像古人与今人曾经理解的那样，就像西人用一种理性在千万年间获得的经验。而这样的一种经验正因理性的最新进展，因黑洞射线的发现，而获得颠覆性变革的契机，并作为对一种古老东方智慧一次延滞了太久，但又终究不算迟到的回应。这是一条终于属于时间的优美弧线，这是一个虚无而绝望的尘世，终于得以在每一个瞬间中迎来的一个又一个盛大节日。

1005　不仅仅是风，尘世中的万物都起于一次平衡的瓦解。

1006　那些让你不胜其力的，请放下它，直到你终于积攒出了将它放下的力。

1007 我不敢想象，如果当年成功应聘那个万众瞩目的岗位，今天的我是否已在人事的漩涡中碰得头破血流，还是已然成为又一个肠肥脑圆、志满意得的成功者？就像，我不敢想象，如果我不是我，那么，这山是否还是这山，这水是否还是这水，而我是否依然配得上一个寂寥的尘世，这喧嚣时代深处的绝望与孤独？

1008 对道的领悟终将帮助我们克服对死亡的恐惧。

1009 道之神奇在于它既在时间之内，又在时间之外；它既是这尘世一种最根本性秘密，又把永远地隐匿作为最高的禁忌。

1010 你要有足够的坦然去面对一座山在不同季候中的苍翠与萧瑟，你要有足够的坦然去面对繁华在一夜之间的有与无，你要有足够的坦然去面对人世如此漫长以致仿佛无尽，而最浓烈的悲与喜短促如你此刻所见的烟云。

1011 王羲之以降，江南已渐渐成为中华文明之正脉的承载之地，并几乎互为表里。不论是日常性在精微中的抵达，还是对阴柔的创造性发明，都作为对中华文明之所以成为中华文明的一种根源性认知，作为对儒与道，包括我们自身中的他者——释的一种持久的回应。

1012 东方文明在整体上呈现为一种阴性的文明，一种阴柔的化敌为友的力量。这也是外来文明在一次次长驱直入后，又最终汉化的原因。发生于一百年前的，这两千年未有之大变局，会是一次例外吗？不，如果我们看到的不仅仅只是这刚刚过去的一百年，如果我们因此刻的凝视而终于获得了一次两千年之后的看。

1013 勇者是那知悉从心的艰难，而依然一往无前时的孤绝。

1014 江南是我的福分，是一种属于北人的，如此浓烈的思，终于获得了西子湖畔柳枝之柔弱与至善的一瞬。

1015 只有当所有的悲不成其为悲，所有的喜不成其为喜，你才可得见这人世。

1016 儒与道之间并非一种优劣的不同。

或许，道更倾心于究竟，而儒更浓烈于人世吧！

1017 技艺在最高妙处即自由，即自由地说，自由地行。

而绝对的自由是道，是我们在依道而行时那全部的喜悦与艰难。

1018 辽阔已为我所见，而我依然未能抵达这人世之空蒙。

1019 只有空与无才能真正企及普遍那对轻盈、有力而永不知疲倦的翅膀，才能穿越星辰与星辰之间的沟壑，以及时代与时代浇筑而成的厚厚岩层。

1020 你永远无法抵达的远山，就像你永远无法走入这浓雾的最深处，就像——你永远无法说出这人世的绝望与荒芜。

1021 慧能与神秀之间关于顿悟与渐修的辩驳，几乎以一种必然的结果说出了东方文明那同时向未来与往昔敞开的远方。它的意义也远远超越于一个人、一种宗教流派、一个时代的成与败。而这样的一次辩驳也并不终始于慧能与神秀，它同样是老庄与孔孟，是今天的我们之所以成为我们，东方之所以成为东方的，那些永远的无名。

1022 修与悟又像所有这尘世得以显现的两极，都是不可偏废的，就像阴与阳，就像有与无，就像存在的荒芜与孤独那么丰沛的赠予。

1023 我们在宋画面前垂下了头，是我们向古人以笔墨线条勾勒与浮现的一颗如此寂静的心的致意，是我们又一次震惊于这道的庄严与静穆。

1024　你要成为一轮圆月，你要吞咽下人世全部的炙热与焦灼，而倾吐出这可洗濯世世代代人心的清辉。

1025　悲与喜都是我们永远无法克服的局限，并终于堆垒出了一个如此饱满而丰盈的人世。

1026　没有比死亡更深的孤独了，就像你此刻的生，就像因一道剧烈的光而被他曾经的所见之物永远拒绝的盲者，就像这浴火后素净而苍茫的大地。

1027　西方现代文明是建基于一种商业契约精神之上的，一种对冰冷规则的信任，并对应于一个时代，以及这尘世从来的荒芜。

1028　非绝望，不永恒。

1029　圆满既是一个过程，它同样属于我们在每一个瞬间中的无言与寂静。

1030　相对于一种大悲大喜的情感，儒与以希伯来为源头的西方文明有着更深而浓密的体验；而道与释更倾心于一种空寂，一种无爱亦无恨、无悲亦无喜的深情。

1031　所有的精确都意味着一次偏离，直到我们因凝神终于重获一种模糊的精确性。

1032 修剪后的草地是文明的象征吗？盆景是文明的象征吗？园林是文明的象征吗？

不，我们还必须发明出自然那最伟大的出处，而山水之所往恰恰在它的所自中。

1033 年轻人，你要不断地去锤炼技艺，你必须如此不自由，以最终获得一种说的自由。

1034 技艺恰恰是悟道求真的基石，直到我们的心，这绝对的自由缓缓显现，直到我们终于说出人世那全部的不自由。

1035 死亡是压在所有人心头的一块巨石，是一座青山，是日月星辰之和，是这宇宙的全部，终于从我们心头滑落时，这人世的澄澈、空阔与欢喜。

1036 真正的淡泊不是对空与无的执着，而是真空妙有，是弱水三千你只取一瓢饮，是你愿意取其一而放下这之外的全部，是终究由那孤绝者说出的一个人世的丰盈与欢喜。

1037 你有多深情，世界就有怎样的寂静。

1038 诗是电闪雷鸣的一瞬，也是清凉的微风轻拂过你赤裸身体上的毛发时，这整个人世的美好与寂静。

1039　真实不是万物之和，而是将这尘世重新凝固成一个整体的空无。

1040　一首诗的完成是一个诗人不断地克服来自语言，来自“色、声、香、味、触、法”的诱惑，而终于成为他自己时的喜悦与艰难。

1041　除了身体至深处的这条河流，再也没有什么能配得上祖国；除了一种流淌的古老与那注定的远方，再也没有什么能配得上它的辽阔与虚无。

1042　悲与喜都暗含一种毒素，大悲与大喜分别是毒素的一次集结与裂变。

而唯一的解药在每一颗寂然不动的心中。

1043　缪斯女神的眷顾或灵感的垂青，对应于老僧补衲时的沉静，对应于心无旁骛的，一个又一个物我两忘的时辰。

1044　真正的谦卑一定不会是毫无尊严，或斯文扫地的，而是一个曾经如此骄傲的人，他终于在一面空无的镜子中看见了自己脸庞时的荒凉与寂静。

1045 不是不再热爱，而是我已然获得一个空寂的人世。

1046 只有在这干净如洗的天地间，我才可能是干净的。

1047 东西方的融合一定不会是一种拼接或移植，而是在相互的交流、借鉴与启发中，源源不断地汲取了更坚定地执此一端的力量与勇气，并在持续的挖掘与前行中终于迎来了那将东西方成功熔铸在一起，而光芒涌入的一瞬。

1048 学习与借鉴，都是为与一个更好的自己相遇。否则，不过是一次新的执着，不过平添了燕雀在天空留下的又一条翅痕。

1049 整个世界、整个宇宙的意义，都在于我们历经几亿亿年的存续后，最终能否重获那无善亦无恶的绝境。

1050 我还远配不上一种自由，我还无法说出那容纳下万有的空无。

1051 你文字的从容不迫，对应的是一颗越来越从容不迫的心，以及一个越来越从容不迫的人世。

1052 诗在可见处为有，而其缘起处恰恰是无。

1053 没有不需要坚持而可大成的。天赋异秉恰恰是一个人一往无前时的定力，是他理解了这人世的徒劳，并终于得以与最初的自己相遇时的孤绝与欢喜。

1054 一个圣徒是需要不断被试炼的，直到他终于成为了自己。

主编后记

时隔两年，《当代新诗话》丛书顺遂出版第二辑共五卷，可谓“更上层楼”而佳话有续。

2015年初夏，由赵毅衡《断无不可解之理》、于坚《为世界文身》、陈超《诗野游牧》、耿占春《退藏于密》、沈奇《无核之云》联袂亮相的《当代新诗话》丛书第一辑，历经近三年选题策划、约稿及编审，终于如期结集，全部精装印制，由陕西人民教育出版社隆重推出。

丛书出版发行后，虽因诗与诗学毕竟小众边缘，一时未能“盛名天下”，但也以其独得之秘而“填补空白”①的底气与特

① 这里所指的“填补空白”，大体就近二三十年出版界而言。之前，自1985年1月至1991年5月，北京三联书店曾断续出版过《今诗话》丛书，共计11册，按其出版时间先后排序，具体分别为罗洛《诗的随想》、荒芜《纸壁斋说诗》、流沙河《隔海说诗》、邹荻帆《诗的欣赏与创作》、邵燕祥《晨昏随笔》、绿原《葱与蜜》、公刘《乱弹诗弦》、牛汉《学诗手记》、曾卓《诗人的两翼》、谢冕《诗人的创造》、彭燕郊《和亮亮谈诗》。

色，引起诗界、学界及出版界不小的反响，并入选“陕西新华出版传媒集团2015年度十大好书”，进而荣登全国“2015年度好书榜”。

隔年五月，著名青年学者、诗评家刘波，在中文核心期刊《南方文坛》2016年第3期，发表《再造汉语诗学传统——由〈当代新诗话〉丛书观诗话写作传统的拓展》书评论文，认为“这种新诗话的创造，应当是对古典诗话精神最好的传承与拓展”。并且，“让这一文体充满新的魅力”，“为我们带来了令人耳目一新的再造汉语诗学传统的别样体验”，而“成为这些年来，现代汉语诗人和批评家们，重新探寻诗话这一文体的集约型亮相，同时，也填补了近二三十年当代新诗话出版空白，以期促进对诗话的研究，实现其学术价值的拓展”。

由此，本套丛书从编选到出版，所秉持的“对当代中国诗歌美学景观和精神图谱，做另类文体解读而创新说，成为承正脉而别开一界的重要文本”的核心理念，及其“促进现代汉语诗话之研究，现代诗学之发展，及相关学科研究方向与视野的扩展。同时，也为广大诗歌与文学研究者和爱好者，提供一份别具参考意义与阅读趣味的特色文本”（本书“选题策划”语）的价值期许，得到了初步有效的实现。

诗虽小道，国魂所系。时值新诗百年，革故鼎新、与时俱进中，如何于全球--体化大潮拍岸间立定脚跟，重新找回并确认我们的文化身份，实为功在后世千秋的大事。于此，内化现代，外师古典，重树典律，再造传统，正成为当下学界业界之共识。

同时，“转基因”之新诗及其新诗诗学，经由百年“移洋开新”的“现代化”历程，也终能得以在新的历史节点，于部分学人和诗人的思与诗中，反顾汉语传统，倡扬汉语气质，更是值得珍重和守望的事情。

当此关口，《当代新诗话》丛书连续结集出版，以求由个案之经典而成谱系之经典，板块呈现，集约展示，“既填补历史之缺憾，又经营目前之务实”（第一辑《主编后记》语），并由此开启了一扇别具意义的当代新诗诗学“新窗口”，确然正当其时而厚望可期。

第二辑《当代新诗话》丛书，还是以五卷结集。分别为杨匡汉《长亭听云》、简政珍《苦涩的笑声》、臧棣《诗道鳟燕》、泉子《诗之思》、胡亮《琉璃脆》。其“阵容”排辈，依序为20世纪40年代、20世纪50年代、20世纪60年代及20世纪70年代，“老中青”三代佼佼者，济济一堂而气象纷呈，各显千秋。

同时，依循前例，各卷皆以序言开轩，或可添彩导读美意。其中，臧棣、泉子、胡亮三位，分别邀约同道好友赵卡、耿占春、茱萸为文，而耿占春还是第一辑之《退藏于密》的作者，难得此番再续佳话。杨匡汉、简政珍两位，一时忙中无从顾及，特由主编代为邀请云南大学王新教授、三峡大学刘波教授两位新锐青年学者为序，如期斐然，成其圆满。

本辑卷一，系杨匡汉先生历时两年，特别辑录和补写的诗话专著。先生资深，而文心谨重，一部《长亭听云》，既与古典通合，又与现代呼应，格高思逸，不落凡近，如王新序文所言，无愧为“有性情，有品味，有识见”的现代诗话，且“特别葆有了古典诗话鸢飞鱼跃、披美缤纷的人文生态”。同时需要特别说明的是，匡汉先生原本就是这套丛书最初动议及选题策划人之一，最终复以作者加盟，玉成全局，实在堪可珍重。

卷二《苦涩的笑声》，为台湾著名诗人、诗学家简政珍教授的精深之作。犹记二十年前，笔者初次拜读政珍先生赐寄诗学新著《诗的瞬间狂喜》，以简篇而约无穷之致，及其富于收摄与整合力的学者风范和超凡才具，确然不虚盛名而令人折服！二十年后，耿耿中隔海约稿，先生如期赐达而精深如故，如刘波在序言中所指认的，“既有技艺的锤炼，又有深厚的人文情怀，他这些精短的文字，在异质性转换中带着解析诗歌的普适性美学”。

卷三《诗道鳟燕》，乃近年蜚声海内外的北京大学诗人学者臧棣之作。机缘凑巧，二十二年前赴北大拜谢冕先生门下访学时，得以结识臧棣，一握如故。此后虽来往不多，却念念在心。《当代新诗话》第一辑选题申报时，原本六卷，其中就有

《诗道鳟燕》，后因臧棣忙中不及修订，这才推至本辑。结集之前，此书内容已多有刊布，影响广泛，正如赵卡序文中所言："《诗道鳟燕》是一部闪耀思考之光的'书'"，"臧棣发明了一种加密而自相矛盾的批评话语编码体系，这种编码体系已经形成了一套特殊的语言美学"，"是自新诗诞生以来中国现代汉语诗歌研究的重要收获之一"。

卷四《诗之思》，为青年诗人泉子潜沉多年专门撰写的系列诗学札记，深心静力，博思约取，集腋成裘，断续发表后，得同道瞩目。此次结集，从原稿两千多则中精选集萃，以"探究'诗得以发生的秘密'为核心主题"，"植根于修辞转义结构中的思想方式"，"以差异与等值替代了思想的同一性，用转义和生成性替代了本质论，以悖论的修辞取代容易被误解的概念体系"，"因此它不能被否定，也不能轻易证明对与错，就像诗歌本身那样，成为思想自由的象征"。（耿占春语）

压轴卷五，系以民间学者而一举全票斩获第二届"袁可嘉诗歌奖"之诗学奖的青年才俊胡亮，新就诗话专著《琉璃脆》。识胡亮多年，其集渊雅与谨严于一身的少年老成，及其在批评文体方面的孜孜以求，每每令人感佩。此次特约专候得之，"卷上内思，卷下外观，又在此两种类型之外，另开一条熔铸古今、指点中外的路径"（茱萸语）。细读之下，语虽玄寥而自有来去，横生逸出而思精虑细，看似散发乱服，实则正襟危坐，古今混搭，中西交嵌，复于分延与变奏中自成一家，特地亮眼。